KB063576

마음 곁에 두는 마음

마음 곁에 두는 마음

박성우 글 • 임진아 그림

오늘 하루
빈틈을 채우는
시인의
세심한 기록

ㅆ창비
Media Changbi

차례

2부

마음 안쪽에도 꽃길이

3부

같이 밥을 먹는 일

4부

앵두나무 같은 사람

마음을
여는
마음

그대에게 빈틈이 없었다면
나는 그대와 먼 길 함께 가지 않았을 것이네
내 그대에게 채워줄 것이 없었을 것이므로
물 한 모금 나눠 마시며 싱겁게 웃을 일도 없었을 것이네
그대에게 빈틈이 없었다면

부족하면 부족한 대로 허술하면 허술한 대로 서로의 빈틈을 채워가며 살아가는 일은 생각만으로도 근사하다. 빈틈이라는 말에서는 사람 냄새가 나고 알 수 없는 여유도 느껴진다. 언젠가 나는 이런 마음을 떠올리며 위와 같은 「빈틈」이라는 시를 쓰기도 했다. 다행히 내게는 별말 없이 어깨를 도닥여주는 사람이 있다. 마음 안쪽에도 꽃길이 나게 하는 이가 있고, 같이 밥을 먹는 일만으로도 기쁨이 되는 이가 있다. 앵두꽃 같고 앵두나무 같은 사람들.

'좋은 아침이다' '괜찮은 하루다' '나는 즐겁고 행복하다'

‘점점 나아지고 있다’ 틈만 나면 이런 말들을 중얼거리면서 버티던 시절이 있었다. 한참이나 나를 붙들고 울고 가던 사람이 쳤다는 바닥을, 나는 도무지 닿을 수도 없을 것 같은 그 ‘높은 바닥’을 멍하니 올려다보며 망연자실하기도 했다. 늦은 밤, 거울 앞에 앉아 웃는 연습을 하던 때는 차라리 기억하고 싶지 않다. 이렇듯 힘들고 무기력하게만 느껴지던 날들이 지나갔다. 이 정도면 견딜 만하지 않냐고, 최악의 상황은 아니지 않냐고 되물으며 가까스로 하루하루를 건너던 날들.

걱정 마, 걱정 말고 힘내

니가 그늘을 가지고 있다는 것은
니가 지금 밝은 곳에 있다는 증거이니까

또 언젠가 나는 이와 같은 시를 쓰고 「걱정 마」라는 제목을 붙여본 적도 있다. 누군가를 위해서라기보다는 의기소침

해 있던 나를 자분자분 다독여보기 위해 써보던 짧은 시. 내가 나에게 따뜻한 말을 건네주지 않으면 누가 건네줄까, 내가 나를 달래주지 않으면 누가 달래줄까. 애써 밝고 환한 지점에 마음을 두고 지내다 보니 알 수 없는 편안함이 찾아오기도 했다.

그리고 몇 년 전의 일이다. 나가고 싶지 않았으나 간곡한 부탁이 있어 차마 거절하지 못하고 걸음을 한 자리에서 치명적인 상처를 받고 돌아왔다. 견딜 수 없을 만큼 아프고 치욕스러워 마음을 다스리는 일이 여간 곤혹스러운 게 아니었다. 나에게 모멸의 말을 한 사람은 다신 만날 일도 없는 사람이었는데, 정작 그 사람은 나에게 어떤 상처를 주었는지조차 알지 못할지도 모른다. 나 또한 예외 없이 누군가에게 예기치 못한 상흔을 남기기도 했겠지. 상처와 위안 사이에서 혼란스러워하던 나는 마음 곁에 마음을 두는 일로 조금씩 일상을 찾아갔다.

돌이켜보고 말 것도 없이 순간순간 위로가 되어주고 힘이 되어주던 소소한 일상의 소중한 마음들, 마음은 마음으로 머물지 않고 따뜻한 손길이 되고 힘찬 걸음이 되어 나를 여기까지 데리고 왔다는 것을 새삼 알아갔다. 부디 그대들도 마음결에 마음을 두는 일로 조금은 더 반짝이는 하루하루를 열어가시길!

2020년 10월

박성우

1부

별말 없이 어깨를

내 마음의
봄

차고 긴 밤, 마음 곁에 마음을 대본다. 얼음이 녹기 시작한 깊은 골짝에서 흘러내리는 물소리같이 맑고 투명한 마음, 막 피어오른 연둣빛 버들개지같이 간질간질 부드러운 마음, 푸른 바다 위에 뭉실뭉실 떠 있는 뭉게구름같이 하얗고 말랑말랑한 마음, 야근을 하고 집으로 돌아가다 무심코 올려다본 밤하늘에 보일 듯 말 듯 제자리를 지키며 애써 반짝이는 별같이 결코 외롭고 쓸쓸하지만은 않은 마음. 차고 깜깜하고 긴 밤에 꺼내어 가만가만, 마음 곁에 마음을 대어본다.

몇 해 전 겨울, 밤 열한 시가 안 된 시간이었다. 성북구청 근처 순대국밥집 2층에 있던 목소리예술실험실에서 '젊은 시인의 다락방' 팟캐스트 녹음을 마치고, 6호선 지하철을 타기 위해 보문역 2번 출구로 급히 들어섰을 때였다. 빠른 걸음으로 계단을 내려가는데 취객으로 보이는 중년 남자가 계단 중간에 쓰러져 있었다. 취해 잠들었나? 날이 차서 큰일 나겠는데?

내려가던 걸음을 멈추고 몸을 틀어 몇 걸음 올라가 휴대전화를 꺼내니, 계단 입구에 있던 청년이 나를 향해 큰 소리로 말했다.

112에 전화했어요. 지금 기다리고 있어요!

어떤 모습이나 말은 구들장처럼 따뜻하고 냉이처럼 향기로워서 추위와 외로움과 쓸쓸함을 이겨내게 한다. 절망과 좌절과 옹졸함과 막막함을 털어내게 한다.

마음은 어둑어둑 위태로운 곳에 두지 않고 높고 환한 곳에 두는 것. 닫힌 쪽에 두지 않고 밝고 넓게 열린 쪽에 두는 것. 조금은 더 따뜻하고 조금은 더 아늑하고 조금은 더 아름다운 쪽에 두는 것. 두루미가 일순간 강물 위에 그려놓고 가는 둥근 물결처럼 멀리 번져나가게 하는 것. 그리하여 마음은 동그라미 동그라미 더 큰 동그라미를 그리며 번져나가다가 기어이 그대와 나를 일렁이게 하는 것. 그렇다. 마음을 열면 언제라도 봄이다.

막 피어오른 연둣빛 버들개지같이
간질간질 부드러운 마음,

푸른 바다 위에
뭉실뭉실 떠 있는 뭉게구름같이
하얗고 말랑말랑한 마음

보이스카우트 열전

종례 시간에 나눠주던 가입 신청서 한 장을 받아 들고 집으로 가던 날이었다. 그날은 웬일로 타지로 돈을 벌러 갔던 아빠가 집에 돌아와 있었다.

뭔진 잘 모르겠는데요, 선생님이 엄청 좋은 거라 했어요. 암튼, 꼭 하고 싶어요! 나와 같이 토마루에 나란히 앉아 얘기를 나누던 아빠는 어쩐 일로 주머니에서 돈까지 꺼내주시며, 한번 해보라고 했다. 아, 얼마나 좋던지. 지금도 나는 그때 아빠와 같이 쬐었던 볕이며 바람의 느낌을 그대로 기억해낼 수 있다. 그렇게 나는 개교 46년 만에 처음으로 생긴 산골 초등학교의 1기 보이스카우트 대원이 되었다. 걸스카우트는 아직 없었고 4, 5, 6학년을 합한 우리 대원은 모두 열네 명이었다.

우리는 일주일에 한 번 정도 모여 매듭 묶는 법을 배우거나 위험에 처한 사람을 구하는 방법 같은 것을 익혔는데 뭔가 으쓱해지는 기분이었다. 하지만 문제는 우리 관내에 있는 모든 스카우트 대원이 모여 진행하는 2박 3일의 하계 캠프를 앞두고 일어났다. 자, 집에 텐트 있는 사람 손 들어봐. 교실에 모인 우리 대원 중에 텐트를 가지고 있는 집은 없었다. 그럼,

코펠이나 버너는? 코펠은 뭐고, 버너는 또 머시여. 우리 대원들은 눈만 끔뻑끔뻑할 뿐이었다. 선생님은 이미 예상했었다는 듯 결단을 내렸다.

얼마 뒤, 우리 열네 명의 대원들은 여섯 명의 엄마들을 대동한 채 검게 그을린 솥단지와 화덕을 챙겼다. 쌀자루와 국거리와 장작 다발까지 준비해 정읍으로 나가는 시내버스에 싣고 덜커덩덜커덩 길을 나섰다. 정읍동초등학교 앞에서 내린 우리는 다시 내장산으로 가는 버스를 탔고, 곧 목적지인 캠프장에 도달할 수 있었다.

와, 우리 선생님이 우덜 텐트랑 어매들 천막도 구해왔나벼! 그 넓은 광장에는 관내의 모든 초중고 보이스카우트와 걸스카우트 대원이 속속 모여들고 있었는데, 캠프장을 통틀어 밥 솥단지와 국 솥단지, 화덕이나 장작 다발 같은 걸 들고 오거나 발매던 엄마들까지 따라붙은 건 우리밖에 없었다. 야들아, 배고플 턴디 밥부텀 먹어야제. 우리 대원들이 광장 가운데에서 스카우트 대회 개최 선언식 같은 걸 하고 돌아왔을 때, 어매들은 그새 밥 짓고 국 끓이는 일을 마치고 있었다. 핫따, 선생님. 우리가 없으면 몰라도 저 쨰깐한 것들한티 어찌케 설거지를 시킨다요. 이렇듯 우리는 다른 학교 대원들과는 달리 엄마들이 해주는 밥을 매끼 먹으며 지냈다.

문제가 아예 없는 건 아니었다. 지금부터는 계곡에서 자유 시간을 갖겠습니다. 쉽게 말해서 물놀이 시간이 다가왔는데, 우리는 다른 학교 대원들과는 달리 수영복 같은 걸 챙길 여력이 없었다. 잠시 난감해하던 선생님은 우릴 데리고 걷고 또 걸었다. 그러더니 버들개지가 우거져서 계곡 안쪽이 잘 보이지 않는 물골에 우릴 풀어놓았다. 야, 그래도 그거는 입어야지. 우리 대부분은 팬티를 단정히 입은 채로 첨벙첨벙 놀았지만, 몇몇 동생 대원은 갈아입을 걸 안 가져왔다면서 산골 마을 개울에서나 쓰는 시원한 방법을 택하기도 했다.

상추 편지

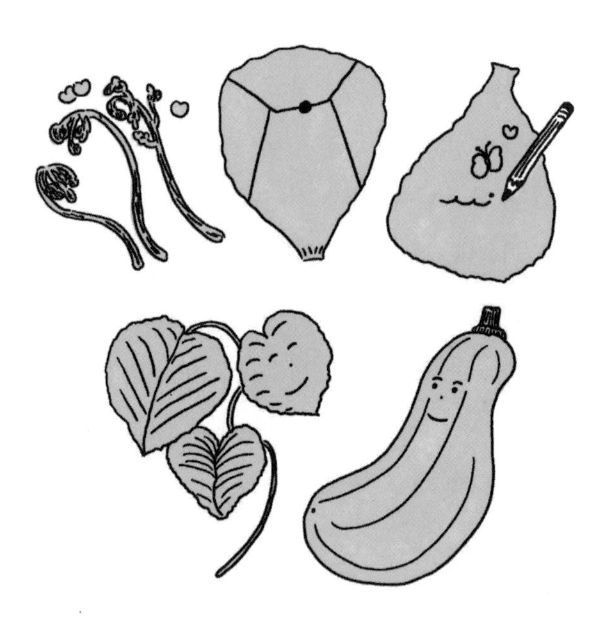

아, 상추도 좀 뜯어다 먹고 풋꼬치도 좀 따다 먹으랑께, 뭔 사람이 요로코롬 말을 안 듣고 근디야! 아, 저도 상추 모종이랑 고추 모종 해놨당께요.

이거 뭐지? 별생각 없이 집에 드는데 비닐봉지 넘치게 상추 편지가 와 있다. 바깥 문고리에 야무지게 매달려 있는 상추 편지. 풋고추 열댓 개도 동봉되어 있다. 보나마나 윗집 너디 할매가 보낸 거다. 나는 어떤 답장을 보내야 하나? 두어 날 뒤에 콩 음료수와 초코파이 한 상자씩 사고 또 뭔가 허전해서 말랑말랑한 과자 몇 봉지를 골라 해 질 무렵에 전해주러 갔다.

하이고매, 뭐덜라고 이런 거슬 다 사온 디야!

고사리 말린 것허고 취너물 말린 거 쪼깐 담어왔는디, 히 먹을 줄 알랑가 모르겄네잉! 이날 이때까지 목소리 한번 높이는 걸 본 적 없는 정식이 양반이 고사리 편지와 취나물 편지를 보내왔다. 나는 또 어떤 답장을 보내야 하나? 한 사나흘 궁리하다가 돼지고기 한 근 끊고 소주 두 병 사서 마침 밭풀을 매고 있는 정식이 양반 아내 분께 전해주고 왔다.

하이고매, 나 이거 갖다주면 한소리 되게 들어야 할 턴디!

엄니, 어디 가신다요? 나 시방 게트볼 치러 가는 판인디! 게이트볼 치러 간다는 남안 아지매를 면 소재지 게이트볼장 앞까지 태워드린 것뿐인데, 바깥일 좀 보고 집에 들어오다 보니 이번엔 또 애호박 편지가 속달로 와 있다.

하이고매나, 참말로!

나는 어떤 답장을

보내야 하나?

별말 없이

어깨를

오래전의 일이다. 전주한옥마을 오목대 아래서 문화 관련 일을 하며 밥을 번 적이 있다. 안도현 시인의 격려로 이력서를 쓰고 면접을 보게 되었는데, 출근하라는 연락이 왔다. 삼백년가슈퍼 앞 골목에 있던 사무실은 새 단장을 한 한옥이었고 하늘을 오목하게 품고 있었다. 리모델링을 마치긴 했으나 아직은 아무것도 채워지지 않은 텅 빈 건물. 얼마 지나지 않아 우리는 '전주전통문화중심도시추진단'이라는 현판을 내걸었다. 이 단체에는 열 분이 넘는 추진위원이 있었고, 전북대 영문과 이종민 선생님이 추진단장이었는데 운 좋게도 나는 좋은 사람들과 함께 일을 할 수 있었다.

일을 시작한 지 얼마나 되었을까. 지인이 한옥마을 은행나무 골목에 있는 단풍나무집 사랑채를 내줬다. 낮에는 문화판에 나가 일을 하고 밤에는 책을 보며 시를 쓰라는 것인데, 여간 귀하고도 고마운 마음이 아닐 수 없었다. 한 푼의 보증금도 월세도 없이 마당과 가옥을 품게 된 나는 틈이 날 때마다 한지를 사다 벽에 바르고 깨진 기왓장을 얻어다 화단을 꾸몄다. 책장과 책을 옮겨와 들이고 토마토며 오이, 호박 같은 모종을 사다 심었다. 내가 심은 호박 넝쿨이 이웃집 지붕을 고집하는 통에 조마조마한 하루를 보내기도 했던가. 그곳에 기거하는 동안 나는 한 권의 시집을 얻을 수 있었다.

당시 홍보팀장이라는 직함을 달고 있던 나는 어느 날부터인가 절망의 늪에 빠져들기 시작했다. 술 한잔 마시지 않으면 잠이 오지 않았고, 일도, 시도 시큰둥해져 갔다. 내 의도와는 달리 집안은 막무가내로 기울어만 갔고 연애까지 엉망이었는데 급기야 나는 무기력한 사람이 되어 무단결근을 하는 지경에 이르렀다.

며칠이나 지난 뒤였을까. 이종민 선생님이 나를 불렀다. 도무지 아무 일도 할 수 없는 상태에 있던 나는 최악의 상황을 떠올리며 몸을 추슬러 사무실로 나갔다. 한데 의외였다. 사무실 앞에서 마주친 이종민 선생님은 나를 보자마자 꽉 안아주셨다.

그래, 얼마나 힘들겠어.

별말 없이 어깨를 토닥여주는 것으로 내게 많은 말을 해주셨는데, 얼마나 많은 온기가 내 안으로 스며들었는지 모른다.

그때 정신이 번뜩 들었다. 내가 마음의 스승으로 모시며 따르는 이종민 선생님을 만날 때면 이 장면이 스쳐 지나가곤 한다.

아주
특별한
편지

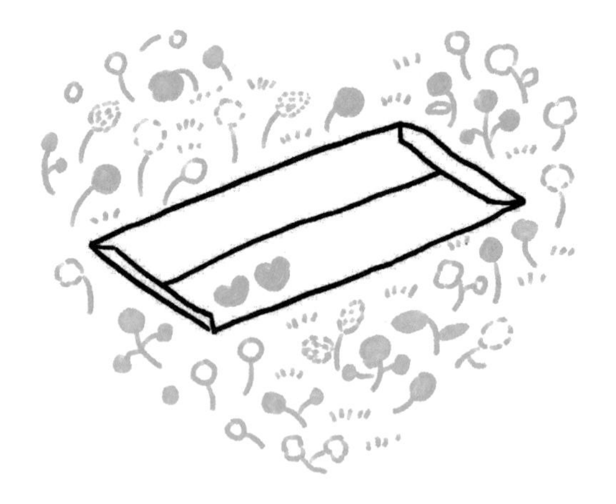

우리 마을 담당 우체부는 김천수 집배원과 김현기 집배원이다. 이 두 분은 정읍 칠보우체국 소속 집배원으로 칠보면이나 산내면 같은 데를 한 달 단위로 순환하며 우편물을 배달한다. 지난달에는 김천수 집배원이, 이번 달에는 김현기 집배원이 우편물을 전해주러 오고 있다.

어버이날을 두어 날 앞둔 점심 무렵이었다. 오전 작업을 마치고 막 밥을 먹으려는데 오토바이 소리가 마당으로 들어왔다. 내다보니 내가 자란 마을의 일 년 선배이기도 한 김현기 집배원이었다.

형, 여기서 대충 같이 먹자.

현기 형과 나는 간단히 밥을 먹고 소소한 얘기를 나누며 점심시간을 같이 보냈는데, 형이 특별한 사연을 들려주었다.

다섯 해 전, 어버이날 아침이었다고 한다. 현기 형이 분류를 마친 우편물을 다시 정리해 배달을 나가려는데, 처음 보는 주소가 적힌 손 편지가 있었다. 고개를 갸웃거리면서 봉투를 재차 살피다 보니 '우체부 아저씨께'라고 써진 메모가 눈에 들어왔다. 봉투의 한쪽 귀퉁이에 적혀 있던 메모 내용인즉슨,

배달지가 사람의 집이 아닌 묘소라고 해서 그냥 버리지 마시고 꼭 좀 전해달라는 것이었는데, 감사하다는 인사와 함께 하트가 두 개나 그려져 있었다.

얼마나 간절했으면 이렇게까지 했을까. 베테랑 우체부인 현기 형은 먼 곳으로 가신 부모를 애타게 그리워하는 자식이 보낸 편지라는 것을 직감하고 기꺼이 기분 좋게 편지를 배달해야겠다고 마음먹었다. 한편으론 여태껏 일을 놓지 않은 채 고생하시는 노부모가 떠올라 눈시울이 일순간에 뜨거워지면서 마음이 더욱 뭉클해졌다. 먼 마을 근처 산 아래에 도착한 현기 형은 오토바이를 길가에 세우고 주소지로 갔다. 여기가 맞네. 잔디를 입힌 지 얼마 안 되어 보이는 봉분 앞에 서서 예를 갖춘 형은 그곳에 편지를 공손히 놓아드렸다. 혹여 편지가 젖거나 날아갈까 봐 투명 아크릴로 감싸고 돌멩이를 주워와 살짝 올려놓았다. 다행히 비가 내리지 않아서 또박또박 눌러 썼을 자식의 손 편지를 잘 읽으셨을 테다.•

• 「아주 특별한 편지」는 우체부의 해당 업무가 아닌 예외적이고도 고마운 일이었습니다. 혹여라도 받는 사람이 실재하지 않는 주소로 우편을 보내는 일은 하지 않았으면 합니다.

다행히 비가 내리지 않아서
또박또박 눌러썼을 자식의 손 편지를
잘 읽으셨을 테다

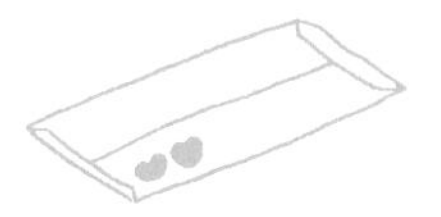

해바라기같이

환하게

고향 근처 강 마을로 들어와 첫 봄을 맞이하던 해였다. 해바라기 씨앗을 구해 강물이 보이는 언덕의 텃밭가에 심었다. 이게 싹을 틔울까? 얼마 지나지 않아 튼실한 줄기를 밀어 올리며 해바라기가 올라왔다. 이 정도면 옮겨 심어도 되겠어. 동네의 유일한 총각이던 대혁이 형과 나는 마을로 들어가는 길 가장자리에 해바라기 모종을 심었다. 그때는 지금과 달리 마을 입구 빈터에 그 어떤 꽃도 심기지 않았던 때. 우리는 삽과 괭이로 땅을 파며 미리부터 흐뭇해했다. 물을 길어다 듬뿍듬뿍 주고 잘 삭힌 거름도 아낌없이 내면서 해바라기가 피어오르는 모습을 떠올려보는 일은 즐거웠다. 하지만 우리의 의지와는 달리 적지 않은 모종은 시들어 죽고 말았고, 해바라기가 온전히 자리를 잡기도 전에 풀만 무성해졌다.

그렇다고 따로 시간을 내어 해바라기를 돌볼 수는 없었다. 모처럼 쉬는 날 아침에 모종을 하기는 했지만, 대혁이 형은 매운탕 가게를 운영하느라 바빴고 나는 적지 않은 거리에 있는 직장에 나가며 시간강사 일도 겸해야 했다. 우리는 그렇게 해바라기의 존재 자체를 잊어갔다. 모처럼 일찍 일을 마치고 마을로 들어오던 날, 친구 어머니인 점례네 엄마가 길가로 나와 앉아 있었다. 가만 보니 해바라기 주위에 난 풀을 매고 있었던 것. 핫따, 농사일도 바쁘실 텐디 무슨 동네 풀까정 다 잡는다요! 핫따매, 내가 하고 잡어서 허는 일인께로 참견 말고 가던 길이나 가셔! 점례네 엄마는 해바라기같이 환히 웃으며 뽑던 풀을 마저 뽑았고, 그해 여름과 가을 내내 동네 입구는 마냥 환했다.

물을 길어다 듬뿍듬뿍 주고
잘 삭힌 거름도 아낌없이 내면서
해바라기가 피어오르는 모습을
떠올려보는 일은 즐거웠다

오후 세 시의
고양이

오후 세 시가 좀 넘은 나른한 시간이었다. 덜커덩덜커덩 창문 흔들리는 소리가 들려왔다. 뭐지? 처음 보는 고양이가 창틀 위로 올라서서 방충망을 흔들고 있었다. 먹을 걸 내놓으라는 건가? 나는 당돌한 고양이에게 멸치 한 줌을 내주었다. 고양이는 어지간히 배가 고팠던지 경계심도 없이 멸치를 먹어치웠다. 그러더니 다시 창틀 위로 뛰어올라 앞발을 들고는 방충망을 흔들어댔다. 더 달라는 건가? 딱히 다른 걸 내줄 게 없던 나는 조금 전에 멸치를 올려주었던 접시 위에 다시 멸치 한 줌을 더 올려놓았다.

고양이는 다음 날에도 그다음 날에도 오후 세 시를 전후해 찾아와 똑같은 방식으로 나를 불러댔다. 미안하다, 고양이야. 여전히 나한테는 너한테 내줄 만한 생선 토막이 없구나. 나는 번번이 내가 먹던 국물에 밥 두어 숟가락과 멸치 한 줌씩을 섞어 내주고는 했다. 고양이는 매번 별 투정 없이 내가 내주는 밥을 말끔히 비우고 갔지만, 모처럼 면 소재지에 일을 보러 갔다 오는 길에는 비린 것을 사 오지 않을 수 없었다. 오후 세 시가 되려면 얼마나 남았지? 아, 벌써 오후 세 시구나! 고양이는 먹을 걸 내놓으라고 재촉했고 나는 그저 씩 웃으면서 조금 전에 구워두었던 고등어를 내주었다. 그러고 나서, 나는 이 고양이에게 '오후 세 시의 고양이'라는 이름을 지어주었다.

오후 세 시가 되려면 얼마나 남았지?

아, 벌써 오후 세 시구나!

잘 먹고
잘 놀자

전교생이 열여덟 명인 학교에 다녀온 적이 있다. 전북 김제 구성산 자락에 자리하고 있는 예쁜 초등학교. 아이들 모두가 교실로 쏠려 들어가고 없는 운동장은 아빠 신발처럼 헐렁해 보였지만, 학교를 둘러싼 나무들은 서로 어깨를 맞대고 빽빽하게 서 있었다.

동시와 함께 놀기로 한 아이들을 만나기 전에 담임 선생님과 함께 6학년 교실 문을 슬쩍 열어보았다. 어느 정도 예상은 했지만, 의자 셋만이 칠판을 바라보고 있었다. 와우, 세 학생이 이 교실을 다 쓰나요? 아니요, 저도 써요. 아무렇지 않게 창틀에 걸터앉은 햇볕이 교실 안쪽으로 다리를 뻗고 있었다.

학교 뒷동산에는 아담한 정자가 있었다. 아이들 높이에 맞춰 키가 낮은 정자였다. 처음부터 나를 안내하던 선생님은 조만간 그 정자에 모여 학년별로 삼겹살 파티를 할 거라고 했다. 삼겹살은 교장 선생님이 쏘기로 했다나 뭐라나. 오늘 하면 안 되나요? 나도 슬쩍 그 자리에 끼어보고 싶었다.

아이들이 동시와 함께 신나게 노는 모습을 보고 나서는 나도 잠시 끼어들어 함께 놀았다. 아니, 아이들이 노는 것을 좀 방해했다. 열여덟 명의 전교생을 만나고 난 뒤에는 마침 점심시간이어서 6학년 아이들과 섞여 외식을 하러 나갔다. 동화를 쓰는 김종필 담임 선생님의 세심한 배려 덕분이었는데, '잘 먹고 잘 놀자'가 6학년 급훈이라며 혜진이와 민영이와 혜리와 담임 선생님은 비빔밥을 쓱쓱 비비더니 뚝딱 비웠다. 나도 질 수 없어 밥 한 그릇을 뚝딱 해치웠다. 그래, 잘 먹고 잘 놀자!

나도 질 수 없어
밥 한 그릇을 뚝딱 해치웠다.
그래, 잘 먹고 잘 놀자!

동네 아저씨는

왜

미숫가루를 실컷 먹고 싶었다
부엌 찬장에서 미숫가루통 훔쳐다가
동네 우물에 부었다
사카린이랑 슈거도 몽땅 털어넣었다
두레박을 들었다 놓았다 하며 미숫가루 저었다

빰따귀를 첨으로 맞았다

박성우 「삼학년」 전문, 『가뜬한 잠』, 창비 2007.

유년의 기억을 시로 쓸 때가 있다. 무척 더운 여름이었고 하루하루가 길고 지루하게 늘어지던 여름방학이었는데, 이때 나는 무슨 마음이 일어 이렇듯 엉뚱한 행동을 하고 말았을까. 굳이 해명하자면, 이걸 혼자 다 먹으려고 우물에 미숫가루를 탄 것만은 아니라는 거다. 논밭으로 일을 나간 엄마, 아빠와 동네 아저씨, 아줌마들도, 언덕이며 모정으로 몰려다니며 뛰놀던 형, 누나, 동생들도 같이 나눠 먹으려 했을 뿐이다. 물론,

이 우물물로 밥도 지어야 하고 빨래도 해야 한다는 사실에는 생각이 미치지 못했다.

동네 아저씨는 왜 뺨을 때렸을까요? 일선의 청소년 친구들을 만날 적이면 환기를 위해 물어보고는 했다. 그러면 정말이지 기상천외한 대답들이 나온다. 일테면 이런 것들이다.

미숫가루는 우유에 타야 맛있는데 그냥 물에 타서요! 미숫가루가 국산이 아니어서요! 미숫가루가 그 아저씨네 거여서요! 미숫가루 때문이 아니라 아이 얼굴에 붙은 모기를 잡아주려다 보니 빠른 속도로 손이 나간 거예요! 아저씨가 고혈압이나 당뇨 같은 게 있어서 단 걸 잘 안 먹는데 미숫가루가 너무 달아서요! 집에서 미숫가루 타 먹고 물 마시러 나왔는데, 또 미숫가루여서요! 아저씨가 하려고 했는데 애가 먼저 해버려서요! 생각지도 못한 대답들이 줄줄 이어지는데 이런 대답이 나온 적도 있다.

얼음을 안 넣어서요!

이때 나는 무슨 마음이 일어
이렇듯 엉뚱한 행동을 하고 말았을까

단짝

쑥부쟁이 줄기에 매달려 있던 가을볕이 연보랏빛 쑥부쟁이로 피어나는 시월이다. 나, 회관에서 좀 놀다 오마잉! 노모가 길을 나서자 장독대에서 볕을 쬐던 고양이도 길을 나선다. 쫄래쫄래 뒤를 따르는가 싶더니 골목길 돌담 위로 폴짝 뛰어올라 앞장서 간다. 노모는 마을회관으로 들어가고 고양이는 마을회관 앞 느티나무 아래에서 걸음을 멈춘다. 노모가 마을회관에 드시는 걸 보고 온 지 한 시간 반이나 흘렀을까. 고양이가 노모를 데리고 폴짝폴짝 뛰어온다.

괴기나 좀 끊어다 먹으끄나? 심심헝게 저도 같이 가죠, 뭐! 유모차 장바구니를 밀고 나서는 노모와 함께 마당을 나서는데 이번에도 고양이가 따라나선다. 아, 길 무선 게 따라오지 말랑께! 노모가 한소리 해보지만 고양이는 들은 체 만 체, 그새 우리를 앞질러 가고 있다. 쟈는 꼭 여그까지만 따라온다잉! 산외초등학교 모퉁이까지 같이 왔던 고양이가 더는 안 오고 걸음을 딱 멈춘다.

노모와 내가 면사무소 옆 고깃집에서 삼겹살 한 근을 끊어 산외초등학교 모퉁이를 지나오는데 어디선가 고양이가 다시 나타나 우리를 반긴다. 쟈는 내가 멀리 나갔다 오면 꼭 여그서 기다리고 있다가 같이 간당께. 고양이는 노모 앞으로 다가와 뒹구는가 싶더니 벌떡 일어나 앞서거니 뒤서거니 하며 우리와 함께 집으로 간다.

허리 굽은 노모와 꼬리 굽은 고양이는 이렇게 단짝이다. 밥도 따로 먹고 잠도 따로 자지만 한집에서 잘 살고 있다고, 마당가 연보랏빛 쑥부쟁이가 고개를 끄덕인다. 끄덕끄덕, 연보랏빛 가을볕을 연하게 쏟아낸다.

허리 굽은 노모와

꼬리 굽은 고양이는

이렇게 단짝이다

배추흰나비

딸애와 마트에 다녀오는 길이었다. 철쭉나무 위에 나비가 앉아 있었다. 가만 보니, 거미줄에 걸린 나비였다. 거미줄에는 다른 날벌레들도 잡혀 있어서 우리는 나비의 편을 들어주기로 했다. 나는 거미줄에 걸린 나비를 조심조심 떼어 날려주었다. 나비는 팔랑팔랑 날아가는가 싶더니, 내 옆구리에 붙었다가 가슴께로 바꿔 앉았다. 내게로 와서 앉은 배추흰나비를 다시 조심조심 떼어 날려보냈더니, 이번엔 왼팔에 올라앉았다. 나비야, 잘 가고 잘 지내. 자꾸 내게로 오는 나비를 팔 흔들어 날려보냈다. 한데, 이번엔 팔랑팔랑 날아올랐다가 내려오는가 싶더니 내 운동화 위에 앉았다. 운동화 흰 끈을 붙잡고 매달리는 나비, 아 뭐지?

도서관에 다녀오던 딸애가 밖에서 급히 나를 불렀다. 나가 보니 나비가 죽어 있었다. 거미줄에 걸린 나비를 살려준 곳이었다. 딸애는 열흘 전쯤 우리가 살려주었던 나비가 맞을 거라고 확신했다. 배추흰나비는 왜 이곳으로 와서 날개를 접고 눈을 감았을까. 예사롭지 않은 나비였다. 딸애와 나는 나비를 데리고 숲으로 갔다. 우리는 아름드리 굴참나무 아래를 조금

파고 나비를 묻어주었다. 딸애는 망초꽃 한 가지를 나비 무덤에 놓아주고는 손을 흔들었다. 나비야 안녕, 잘 가고 잘 지내, 우리 또 만나자. 딸애 손을 잡고 굴참나무 숲을 빠져나오다가 문득 뒤돌아보니, 굴참나무 이파리에 붙어 있던 별이 배추흰나비 떼처럼 팔랑팔랑 날아오르고 있었다.

나비야 안녕,
잘 가고 잘 지내

봉제 공장 시인,
봉팔이 성

봉제 공장 보조 사원으로 일한 적이 있다. 낮에는 일하고 밤에는 야간대학에 다니며 시를 앓던 이십 대 문청 시절. 절망하기에는 아직 이르고 희망을 품기에는 어쩐지 까마득하기만 하던 그런 시절. 봉제 공장 옥상 한쪽엔 천막으로 지어진 미싱 창고가 하나 있었다. 미싱 창고 안에는 도매미싱, 본봉미싱, 지도리미싱, 오바미싱, 수소미싱 같은 게 몸에 바늘을 꽂은 채 빽빽이 들어차 있었는데, 수리를 기다리거나 공정에 따라 임시로 빠져 있는 미싱들이었다. 그리고 그 틈에 '봉팔이 성'과 나도 섞여 끼어 있고는 했다. 봉팔이 성? 봉팔이 성의 정식 직함은 계장이었다. 국문과를 졸업한 나름의 수재 관리자였는데, 현장 경험이 부족해 잔뼈가 굵은 현장 반장이나 봉제 기술이 빼어난 부장한테서 은근히 따돌림을 받는 존재였다. 딱히 말은 안 해도 '봉팔이 니가 미싱을 알면 얼마나 안다고 그래, 니가 봉제 공장 돌아가는 걸 알아?' 하는 식으로 현장의 이백여 미싱사들도 어째 봉팔이 성의 말은 대체로 잘 따르지 않는 눈치였다. 그렇지만 막막하게나마 시인을 꿈꾸던 나에게는 더없이 좋은 형이었고 시 사부였다.

봉팔이 성은 말수가 적었다. 아니 좀 더 정확히는 마음을 열고 말할 사람이 드물어 그랬는지도 모를 일이다. 그렇다고는 해도 봉팔이 성은 꼭 필요한 만큼은 내게 말을 해주었는데, 봉팔이 성의 외투에는 늘 시집이 살짝 접힌 채로 들어 있었고 납품을 나가던 트럭 옆자리에도, 출퇴근을 시키던 봉고차 옆 좌석에도 시집이 늘 놓여 있었다. 그가 어깨에 메고 다니던 가방 속에도, 들고 다니던 다이어리 위에도 언제나 있던 시집.

미싱 창고는 그런 봉팔이 성과 나의 아지트였다. 쉬는 시간이나 점심시간에 우리는 어김없이 미싱 창고가 있는 옥상으로 올라갔다. 미싱이라는 게 그랬다. 소매를 부착한다거나 어깨끈을 단다거나 밑단을 봉합한다거나 할 때는 성실하고 부지런한 일꾼이지만, 그렇지 않을 때에는 좀 불편하기는 해도 근사한 책상이 되어준다. 미싱 앞에 엉덩이를 붙일 간이 의자만 놓으면, 곧 제법 근사한 도서관이 되고 세미나실이 되어 아늑해진다. 우리는 때로 팔을 괴고 엎드려 부족한 잠을 채우기도 했다. 봉팔이 성은 이곳에서 종종 내 습작시를 봐주고는 했는데, 봉제 공장 시인인 봉팔이 성을 나는 유독 잘 따랐다. 형은 어디에선가 잘 살고 있겠지? 산더미처럼 쌓여 있던 원단을 나르거나 포장된 제품을 몇 트럭이나 납품하고 난 뒤에 봉팔이 성이 사주곤 하던 짬뽕 맛은 지금도 잊을 수가 없다.

나와 노모만

마당 앞에

세워놓고

어찌된 일인지 노모는 현관 앞 마당에 장판을 깔아두고는 했다. 처음엔 작은 장판 조각 같은 걸 펴서 놓아두는가 싶더니 어디선가 커다란 헌 장판을 주워 와 겹겹이 펼쳐두었다. 왜 자꾸 이런 걸 까시는 거지? 노모는 신발에 묻은 흙이 현관까지 들어오는 걸 막으려는 거라고 시큰둥하게 말씀하셨다. 그러고 보니 현관 바닥에도 부직포며 장판이 몇 겹으로 깔려 있다. 그럼, 디딤돌을 놓고 잔디를 깔아드릴까요? 노모는 싫다고 하셨다. 유모차를 지팡이 삼아 밀고 다녀야 하는데, 불편하기만 할 거라며 손사래를 쳤다.

그렇다고 마냥 두고 볼 수만은 없었다. 어휴, 미끄러운 거 봐. 비가 오거나 눈이 내리면 장판은 더욱 미끌미끌해질 터인데 혹여라도 넘어지면 큰일 나겠다 싶었다. 노모는 넌지시 시멘트를 바르는 게 어떻겠냐는 의견을 내시기도 했지만, 그건 마당에 어울리지도 않거니와 한번 해놓으면 걷어내는 일도 만만치 않을 것 같았다. 궁리 끝에 나는 보도블록을 놓아드려야겠다고 마음먹었다.

국회의원 선거가 있던 날 이른 아침, 나와 마찬가지로 사전 투표를 마친 시골 친구 셋이 흔쾌히 노모 집으로 와줬다. 친구를 잘못 둬서 니들이 고생이 많구나. 큰 관급공사를 수주받아 도로공사 일을 하는 내 친구 준삼이는 포클레인에 내가 모르는 장비까지 동원했고, 총감독을 자청한 종대는 부지런히 모래와 보도블록을 트럭에 실어 날랐다. 힘이라면 밀리지 않는 현관이는 여기저기에 손을 보태며 반듯하게 잘린 커다란 경계석도 번쩍번쩍 들어 올렸다. 무슨 공사가 이렇게 크지? 도무지 뭘 해야 하는지 모르겠는 나는 허드렛일을 하며 순대나 커피 같은 먹거리를 부지런히 사다 날랐다.

그나저나 몸이 왜 이러지, 트럭에 실린 보도블록 몇 개 내리고 삽질 몇 번 했다고 오른쪽 팔목이 시큰거렸고 허리는 끊어질 것처럼 욱신거렸다. 그런 나와 달리 친구들은 수평줄을 쳐서 경계석을 놓았고, 수평계로 수평을 잡아가며 흙을 파낸 자리에 모래를 깔아갔다. 얘들아, 쫌만 쉬었다 하자. 친구들은 내 말은 들은 척 만 척하며 희희낙락, 공사를 이어갔다. 그렇게 해서 해가 지기 전에 보도블록 까는 공사를 마쳤다. 아, 나쁜 놈들. 수고비도 뿌리치고 쇠고기도 안 먹고 일

끝나자마자 도망갔다. 나와 노모만 마당 앞에 시큰시큰, 세워 놓고!

외로운

양치기와

푸른빛

팬파이프

소리

알퐁스 도데의 「별」을 만난 건 소년 시절이었다. 스테파네트 같은 소녀에게서 좋아한다는 편지를 받고 우리 집에도 창이 하나 있으면 좋겠다고 생각하던 여름방학 무렵, 마루에 팔베개를 하고 누워 뤼브롱산맥과 노새의 방울 소리와 세상에서 가장 아름답게 빛나는 별과 양치기를 떠올려보고는 했다. 내나 같은 산골일 터인데 내가 사는 골짝에는 왜 양이 없는 걸까. 만일 우리 마을 인근에 양이 있었다면 나는 시인이 되지 않았을지도 모른다.

그러니까, 그즈음이었다. 큰누나가 명절에 사온 카세트테이프 중에는 경음악 같은 것도 끼어 있었는데, 거기에는 「외로운 양치기」가 들어 있었다. 팬파이프 소리라니. 가슴이 뛴다는 것과 마음이 설렌다는 것은 몰래 답장을 쓰다 말고 뭇별을 헤아려보는 일과 별반 다르지 않다는 것을 막연하게 알아가던 산골 소년 시절이 그렇게 갔다.

코밑이 거뭇거뭇해지고 운동화가 더는 커지지 않기 시작한 뒤로도 종종 「외로운 양치기」를 들었다. 어정쩡한 도심 변두리는 산골 출신인 나를 서럽게 만들기도 했고 무기력하게 만들기도 했는데, 그때마다 나는 「외로운 양치기」를 들으며 팬파이프 안쪽과 소년 시절로 숨어들고는 했다. 해도 안 되는 것이 있다는 것을 알아가고, 할 수 있는 게 별로 없다는 것을 몸소 익혀가며 애써 꿈을 뭉개던 시간은 더디게만 흘러갔다. 내게 편지를 보내왔던 아이가 경찰과 결혼해 잘 살고 있다는 소식을 흘려듣기도 했다.

특별히 게오르게 잠피르가 연주하는 팬파이프에서 나오는 소리는 푸른빛을 띤다. 때론 연둣빛으로 번지기도 하고 보랏빛으로 퍼지기도 한다. 두꺼운 어둠을 뚫어 한 줄기 빛을 내보내는가 하면, 미세먼지 가득한 탁한 공기를 걸러내 맑고 깨끗한 아침 공기로 바꾸어놓는다. 뿌연 먼지가 낀 유리창을 맑고 투명하게 닦아내고, 지워지지 않을 것 같은 오래된 얼룩을 말끔하게 지워낸다. 지금의 외롭고 쓸쓸한 시간이 얼마나 가치 있는 시간인지를 알려주고, 혼자 있어도 결코 혼자가 아니라는 것을 문득문득 깨닫게 해주기도 했다. 게오르게 잠피르의 팬파이프 연주는 꽉 막힌 도심에 든 나를 겹겹의 산과 거칠 것 없는 물줄기가 아득한 거대한 산맥의 꼭대기에 앉혀놓

기도 한다.

오늘은 뭘 해야 하지? 팬파이프 속에 들어 있는 외로운 양치기를 불러 앉히고 커피를 마시는 일로 일과를 시작한다.

에어컨 설치

전말기

이런 더위가 또 있을까. 선풍기를 아무리 세게 돌려도 숨이 턱턱 막힌다. 더는 참을 수 없을 것 같아 마당 입구 수돗가로 나가 수도꼭지에 호스를 연결하고는 마당이며 창가에 물을 뿌려댄다. 지붕 위로도 물줄기를 최대한 올려보내 열기를 식힌다. 이 더위는 언제쯤 꺾일는지. 물을 뿌리고 들어오는 몸에서 그새 땀이 또 줄줄 흐른다.

어제는 샤워를 일곱 번 내외로 했고 오늘도 벌써 서너 번 정도는 한 것 같다. 고집 피우지 말고 얼른 에어컨을 놓으라는 말을 왜 흘려들었을까. 원고는 어지간히 밀렸는데 좀처럼 집중이 되질 않는다. 아, 옥수숫대를 휘청휘청 흔들며 후련하게 쏟아지는 소나기, 그립다.

급기야 얼굴이 후끈거리고 머리는 띵하다. 이러다 열사병에라도 걸리는 건가. 차를 몰고 에어컨을 파는 시내의 대형 매장으로 갔다가 '고객님, 설치까지는 빨라도 이 주 정도 걸립니다'라는 말을 듣고 그냥 돌아온다. 굳이 말하자면 지금껏 비용이나 전기 요금이 아까워 에어컨을 놓지 않은 건 아니다. 다만, 더위 정도야 그냥저냥 잘 이겨왔으므로 올해 작업 기간도 무난히 넘길 수 있을 거라 여겼을 뿐이다.

성우야, 내일모레 새에 일 끝나고 바로 가서 달아줄 테니까 걱정 마.

다행히 나에겐 어릴 적부터 나를 유별나게 잘 챙겨주던 동네 형이 있다. 얼마 전부터 에어컨 일을 시작했다는 동네 형은 먼 길을 달려와 냉난방기를 달아주고 갔다. 한데 어찌, 미지근한 바람만 나오는 것 같다. 뭐여, 내내 송풍으로으로 해놓고 돌렸구만. 며칠 뒤에 다시 온 동네 형은 그제야 제대로 된 에어컨 바람을 내게 주고 갔다. 아, 옥수숫대를 휘청휘청 흔들며 후련하게 쏟아지는 소나기, 안 부럽다.

아,
옥수숫대를 휘청휘청 흔들며
후련하게 쏟아지는 소나기,
안 부럽다

딸아이의 말씀

쉬는 날은 밥보다 잠. 잠을 늘어지게 자고 느지막이 일어나 대충 밥 먹는 시늉이나 하고 다시 잠이나 실컷 잘 작정이었다. 그렇지만 그것은 내 희망 사항일 뿐, 오전 열 시를 조금 넘긴 시간에 딸아이 친구들이 놀러왔다. 뭐가 그리도 즐거울까. 아이들은 딸아이 방과 거실을 오가며 까르르 웃어댄다. 특히나 딸아이의 웃음소리는 나랑 같이 놀 때와는 차원이 다른 맑은 높은음이어서 뭔가 서운한 마음이 들 정도다. 얘들아, 뭐 먹고 싶은 거 없어? 아내는 딸아이 친구들에게 간식을 챙겨주느라 분주하고, 아빠인 나는 딱히 해줄 수 있는 게 없어 그저 쭈뼛거리기나 한다.

그렇다. 내가 해줄 수 있는 최선의 일에 대해 나는 익히 잘 알고 있지 않은가. 애들아, 재밌게들 놀아! 나는 원래부터 밖에 나가려던 사람처럼 추리닝에 등산화를 신고 집을 나선다. 아빠, 또 꼭대기까지 갔다 올 거지! 이 말은 꼭 산 정상까지 올라갔다가 천천히 귀가하라는 딸아이의 말씀 아니신가. 나는 은근한 미소를 지어 보이며 집을 나선다.

다행히 날은 좋네. 아파트 근처 공원에 들러 시간을 조금

보낸 나는 여름에서 가을로 다섯 발자국쯤 향하고 있는 산에 오른다. 참나무 종류인 상수리나무와 졸참나무와 갈참나무와 굴참나무와 신갈나무와 떡갈나무를 구분해보며 산길을 탄다. 와, 어떻게 저런 빛깔이 나오지. 산행을 마치고 다른 길로 돌아오는데 파란 잉크 방울을 주렁주렁 달고 있는 것 같은 작은 나무가 눈에 띈다. 노린재나무다. 딸아이와 그 친구들 덕에 시 한 편 너끈히 쓰고도 남을 마음의 잉크를 얻어 집으로 간다.

딸아이와 그 친구들 덕에
시 한 편 너끈히 쓰고도 남을
마음의 잉크를 얻어
집으로 간다

바지락과
가무락조개

딸애가 여름방학을 해서 정읍 시골집에 갔다. 뭐, 재밌는 일 없을까, 하룻밤 보내면서 그새 심심해진 우리는 갯벌 체험을 하기로 했다. 검색을 해보니 곧바로 현장 접수가 가능한 갯벌 체험장이 나왔다. 뭔가 신나는 일이 생길 것 같아 우리는 출발을 하기 전부터 들떠 있었다. 매일 땡볕 아래서 밭을 매는 어머니께 뻘밭까지 매게 할 순 없어 아내와 딸하고만 길을 나섰다.

우리의 기대와 각오는 대단했다. 조개를 너무 많이 캐면 어떡하지? 우리는 걱정 아닌 걱정을 하면서 고창에 있는 바닷가 마을에 들어섰다. 새벽과 아침 사이에 비가 제법 내려서인지 사람들이 생각보다 많지는 않았다. 현장 접수를 마친 우리는 갈고리 호미와 바구니 하나씩을 받아 들고는 발에 맞는 장화를 찾아 신었다. 덜커덩덜커덩, 트랙터에 연결해 달리는 버스를 타고 갯벌로 나갔다.

바지락도 캘 수 있고 가무락조개도 캘 수 있다니. 우리는 얼른 자리를 잡고 갯벌을 파댔다. 하지만 자리를 잘못 잡아서인지 여간해서 조개가 나오지 않았다. 남들이 다 파간 자리라서 그런가? 우리는 분주히 자리를 옮기며 조개를 팠다. 하지만 허사였다. 팔이 아플 만큼 땅을 파야 겨우 바지락이나 가무락조개 한둘이 나오는 정도라니. 우리 셋은 하나같이 바구니 바닥도 가리지 못했는데 어떤 사람들은 벌써 바구니 가득 조개를 채우고 있었다.

갯벌 체험은 오래지 않아 끝났고 우리는 각자 캔 조개를 한곳에 모아보았다. 한데 웬걸, 한 바구니를 채우기에도 어림없는 양이었다. 아빠, 나는 네 개나 캤어. 그래, 우리 딸 많이 캤구나! 나는 속도 없이 딸애가 캔 바지락 하나 값이 대체 얼마나 되는지를 속으로 셈해보기도 했다. 노모는 우리가 가져올 결과물을 예측이라도 하신 듯 바지락을 사다가 바지락미역국을 끓여두고 계셨다.

아빠,
나는 네 개나 캤어

그래,
우리 딸 많이 캤구나!

어떤 손과
어떤 손짓

출판사 편집자와 미팅을 하기 위해 외출 준비를 한다. 거기서 거기인 옷이지만 나름대로 깔끔하게 차려입고 가방 안에 착상 메모 수첩과 펜이 들어 있는지를 점검한다. 오후 두 시 약속이니까 지금 나가면 얼추 맞겠지? 가방을 메고 휴대전화와 지갑을 챙겨 단화를 꺼내 신고는 엘리베이터를 탄다.

운동화를 신고 나올 걸 그랬나. 정류장으로 나가 멍하니 하늘을 올려다보면서 마을버스를 기다리는데 어디선가 펄럭이는 소리가 들린다, 뭐지?

고개를 돌려 보니 생활 정보지가 펼쳐져 날리고 있다. 부동산 매매와 구인을 알리는 광고가 보도블록 위로 아무렇게나 떠올라 흩어진다. 뭐지? 뒤에 서 있던 내 또래쯤의 여자가 흩날리는 생활 정보지 한 장 한 장을 주워 모아 가지런히 접는가 싶더니, 화단 경계석에 올리고 작은 돌 하나를 집어 눌러놓는데 어느 틈엔가 마을버스가 와 있다. 뭐지? 내 앞에 서 있던 사내가 생활 정보지를 주워 정리하던 여자에게 먼저 타라고 손짓한다. 아, 아름다운 승차 순서다.

우리 선생님

지난 2010년 5월 스승의 날이었다. 양복에 구두를 신고 넥타이까지 맸다. 영 어색했지만, 뭐 그런대로 봐줄 만했다. 초등학교를 졸업한 뒤 처음으로 은사님을 찾아뵈었다. 얼추 26년 만에 무작정 선생님이 근무하시는 초등학교 교무실로 찾아가 큰절을 넙죽 올렸다. 그 젊던 선생님 귀밑머리에는 그새 무서리가 차게 내려 있었다. 제아무리 검정 염색약이라도 누적된 시간을 다 가릴 수는 없는 법, 눈물이 핑 돌았다. 선생님 눈 속에도 금시 빨간 앵두알이 시큼시큼 맺히고 있었다.

토요일 오전이 가기 전, 선생님이 멀지 않은 학교에 계신다는 걸 사촌 형제이자 동창인 진우가 확인한 뒤 함께 간 길. 진우는 강남에서 썩 잘 나가는 사업가인데 몇 번인가 선생님과 연락을 한 적이 있다고 했다. 그때마다 선생님은 내 안부를 물어오시곤 했단다. 내가 시를 쓰고 있는 것도 알고 계셨단다. 우리는 초등학교 6학년 때 담임이신 이현수 은사님을 모시고 모교 근처 식당으로 가서 매운탕을 먹고는, 너무 아쉬워서 내 작업실에 들러 차도 한잔했다.

그때 선생님께서 일기장 검사를 하시더니, 저를 따로 불렀어요. 그러고는 노끈으로 묶는 검정 파일에 갱지를 끼워주셨어요. 앞으로는 동시나 예쁜 글 같은 거를 거기에 쓰라고 하시면서요. 표지에는 흰 포스터물감으로 '꽃수레 - 능교초등학교 6학년 박성우 -'라고 써주셨는데요. 제가 크면 시나 동화 같은 걸 쓰는 사람이 되어 있을 것 같다는 말씀도 해주셨어요. 정말이지 너무 좋아서 잠도 안 왔다니까요. 그래, 그랬던 것 같구나. 선생님이 만들어주신 그 갱지 파일에 맨 처음 쓴 글은 '개구리'라는 동시였고 다음으로 쓴 글은 '우리 동네 느티나무'였다. 그렇듯 나는 학교와 집을 오가며 마냥 신나고 즐겁게 빈 파일을 채워나갔다.

은사님은 명함 한 장을 건네시고는 내 손을 꼬옥 잡아주고 가셨다. 선생님의 명함은 이름과 전화번호를 워드로 작업한 뒤 A4용지로 출력하여 손수 가위로 오리신 거였다. 아, 여전하시구나. 그때 이후로 나는 특별한 일이 없으면 거의 매년 스승의 날을 전후해 은사님을 찾아뵙는데 한번은 나를 굳이 선생님 댁으로 데려갔다. 이거, 내가 퇴직하고 심심해서 놓아 먹이는 닭이 낳은 거야. 십 리 고갯길 넘어 가정방문을 오셨을 적에 날달걀 하나 내드리지 못했던 나는, 선생님이 내미시는 유정란 한 판을 받아 들고 나왔다.

왕언니를
위하여

생각하면, 아프다. 어머니는 막둥이인 내가 봉제 공장에 다니며 야간대학에 다닐 적에도, 대학원에 다니며 조교 일을 할 적에도 나와 같은 학교로 출근하는 청소 노동자였다. 아버지와 같이 식솔들을 끌고 소도시의 변두리로 나와 일용직 허드렛일을 하다가 청소 노동자가 된 어머니. 호적이 오 년이나 늦게 올려져 정년을 넘기고도 내 모교인 대학에서 일흔한 살까지 청소 노동자로 일해온 어머니, 내 어머니는 학교에서 왕언니로 통했다. 나이가 많아서 왕언니였고 일을 오래 해서 왕언니였다. 왕언니, 막둥이 아들이 시인 되었담서? 내 시가 신춘문예에 당선되었을 적에는 인문관 복사집 아저씨조차 어머니를 왕언니라 부르며 내 시집을 선뜻 내주시겠다고까지 했는데, 지금 와 생각해봐도 여간 고마운 마음이 아닐 수 없다. 아버지가 돌아가셨을 적에도 내가 장가를 갈 적에도 왕언니 왕언니 우리 왕언니, 하며 얼마나 많은 발길이 몰려와 힘을 보태고 갔던가.

그런 왕언니를 위해 나는 대학교수가 되고 싶었는지도 모른다. 모교에서 멀지 않은 대학에서 교수 임용 공고가 났을 적에 나는 혼신을 다해 준비했고, 결국 전임 교수가 될 수 있었다. 학교 근처에 작은 아파트를 얻고 책장이며 책을 연구실로 옮긴 뒤, 내가 가장 먼저 한 일은 어머니를 학교로 모셔와 내 연구실을 보여드리는 일이었다. 청소를 하다 말고 계단 밑 작은 공간에 쪼그려 앉아 밥을 먹었을 내 어머니, 더러는 변기에 앉아 쉬기도 했을 내 어머니. 엄마, 여기가 내 방이야. 연구실 문을 열고 들어간 나는, 내가 쓰는 의자에 어머니를 앉게 했다. 방이 널찍하니 좋구나, 회전의자에 등을 기대고 앉아 몸을 흔들어보던 어머니는 한참이나 흡족한 표정으로 창밖을 내다봤다. 그때 나는 왜 그리도 눈물이 나던지, 아무렇지 않게 뒤돌아선 나는 연신 눈가를 훔쳤다. 얼마 후에는 가진 것 없는 시인에게 딸을 흔쾌히 내준 장인 장모님을 모셔와 어머니한테 했던 것과 같이 했다. 그리고 삼 년 뒤, 효도를 마친 나는 사직서를 냈다. 물론 정년을 보장해주는 트랙은 아니었지만, 설령 정년을 보장해준다 해도 나는 똑같이 했을 것이다. 아문, 니가 하고 잡은 대로 해라. 그래, 박 서방이 하고 싶은 대로 하게나. 내가 학교를 그만두고 시인으로 돌아가겠다고 했을 때 반대하는 목소리가 있었다면 나는 생각이 좀 더 깊어졌을지도 모르지만, 다행히 아내와 딸까지도 흔쾌히 나를 믿고 응원해주었다. 생각해보고 말 것도 없이 학교에서의 삶은 기쁨이었고 즐거움이었고 보람이었다. 그리고 온전한 시인으로 돌아온 지금의 삶은 감사와 행복감 그 자체이다.

2부

마음
안쪽에도
꽃길이

톰 소여와
허클베리 핀

어릴 적 나의 영웅은 삼연이 형이었다. 이름만 대면 딱 아는 옥정리 아줌마네 셋째 아들. 못하는 게 없던 형은 풀숲을 거침없이 누비고 다녔고 헤엄 솜씨도 단연 돋보였다. 토끼를 잘 키우기도 하던 형과 나는 한여름 다랑논에 맨발로 들어가 수북이 올라오던 피를 말끔히 뽑아내기도 했다.

와, 이렇게 빨리 익은 걸 어디서 찾았어? 언젠가 한번은 형이 초가을이던 내 생일 아침에 홍시와 머루를 가져와 내밀기도 했다. 하지만 형과 나는 남의 집 방까지 비집고 들어가 「톰 소여의 모험」을 보지 말았어야 했다. 그 흑백티브이 만화를 보지 않았다면 거추없이 들뜨지도 않았을 것이며, 뗏목을 만들어 타고 모험을 떠나겠다는 허무맹랑한 꿈을 꾸지도 않았을 것이다.

야, 우덜도 하자. 어딘가에 분명 숨겨져 있을 보물을 찾으러 뗏목을 타고 떠나자는 제안을 한 건 삼연이 형이었다. 쉿, 이건 우리만의 비밀이어야 해. 우리는 만날 때마다 몰래 계획을 짰다.

근디 삼연이 성, 가다 보면 배고플 턴디?

형은 성냥으로 불을 켜서 밥을 해 먹으면 그만이라고 알려 주었다.

글먼, 나무배가 타버릴 턴디?

우리가 만들 뗏목 위에 널판때기를 구해 올리고 모래를 깐 다음 땔감을 때서 먹을 걸 만들면 문제없을 거라고, 형은 자신에 찬 목소리로 말했다. 아, 그런 방법이 있었구나. 나는 형의 말을 들을 때마다 탄성을 지르며 말똥말똥, 동조했다. 성우, 너는 나무 잘 타잖아. 단순히 보물 상자를 발견하는 데에 그치는 것이 아니라 우리는 금방이라도 매끈한 야자나무가 줄지어 서 있는 무인도의 열대 해변에 곧 도착할 것만 같았다. 손만 뻗으면 바나나며 파인애플 같은 게 줄줄이 딸려 나오겠지. 우리는 손바닥을 마주치며 굳센 의지를 다졌다.

자, 이제는 실행에 옮길 차례. 우리의 일을 성공적으로 해내기 위해서는 우선 뗏목 먼저 만들어야 했다. 그래, 통나무부터 구하자. 그깟 것이라면 여느 집 헛간 주위에 한두 개씩은 있겠지만 그걸 가져다 쓰자면 언제든 쉽게 우리의 계획이 들통나고 말 것 같았다. 그럼 어떡하지? 야, 쩌그로 가자. 우리는 쓸 만한 통나무를 찾아 치매밭골 산자락으로 갔고, 어렵지 않게 톱에 잘린 커다란 통나무를 찾을 수 있었다.

야, 일단 물에 띄워보자.

우리는 그것을 끙끙 굴려 옮겨가며 맨 위쪽 논두렁에 새로 파여 있던 방죽으로 갔다. 오, 잘 뜨는데! 우리는 몸에 붙어 걸리적거리는 모든 것을 벗어 던지고 방죽으로 뛰어들었다. 야, 잡고 타봐. 우리는 둥둥 떠 있는 통나무 위로 오르려다 몇 번이나 미끄러져 물을 먹기도 했다. 하지만 끝내 우리는 톰 소여와 허클베리 핀이 되지는 못했다.

지금도 어쩌다 생각나 돌이켜보면, 헛웃음부터 나오는 그 당시의 일. 우리가 뗏목을 만들어 타고 떠나려 했던 강줄기를 따라 내려가다 보면 얼마 지나지 않아 섬진강댐이 나온다는 걸 그때는 왜 생각지 못했을까. 설령 우리가 기어이 일을 저지르고 말았다 하더라도 결국엔 댐 안쪽 어디쯤에서 잡혀 죽지 않을 만큼 쥐어 터지고 말았을 것이었다.

지독한 더위에 눌려 헉헉대던 지난여름, 모든 일을 제쳐두고 나한테 달려와 에어컨을 달아주고 간 건 삼연이 형이었다.

오늘 밤엔 모처럼, 냉난방기 사업을 하느라 바쁠 형에게 안부 전화나 한 통 넣어봐야겠다. 여전히 나의 영웅인 삼연이 형에게.

쉿,
이건 우리만의 비밀이어야 해.
우리는 만날 때마다 몰래
계획을 짰다

마음 안쪽에도

꽃길이

삼월 마지막 주 금요일 이른 아침이다. 마을 꽃길 가꾸기 울력이 있으니 아침 식사를 마친 후에 마을 입구로 나와달라는 이장님 방송이 나온다. 얼마나 있다가 나가야 하지? 겨우 몸을 일으켜 대충 씻고는 젖은 머리를 수건으로 털면서 창밖을 내다보니 마을 어르신들이 웅성웅성 모여들고 있다. 어쩜 저리도 부지런들 하실까. 주섬주섬 옷을 챙겨 입고 서둘러 나가니 어머니들은 그새 길가 지면패랭이꽃밭에 옹기종기 모여 앉아 풀을 뽑고 있고, 아버지들은 허물어진 물고랑을 손보거나 산수유나무 가지치기를 하느라 분주하다.

여름 같았으면 예초기 돌아가는 소리가 어지간히도 요란하겠지. 이 마을에 들어와 농사 시늉을 하면서 책을 보고 시를 쓰면서 지낸 지 십오 년이 되어가나 여전히 뭐든 서툰 나는, 어머니들이 소복하게 뽑아놓은 풀을 손수레에 담아 치우거나 길 안쪽으로 들어온 흙덩이를 빗자루로 쓸어내는 일 외에는 별 도움이 되지 못한다. 얼마나 손수레를 끌고 빗자루질을 했을까. 허기가 몰려온다 싶은데 새참 먹고 하자는 말이 마침맞게 들려온다.

마을 안길 널찍한 곳에 대충 자리를 잡고 앉아 먹는 단팥빵이나 콩 음료는 언제 먹어도 맛있고 달다. 이때만큼은 분주히 자리를 옮기며 제 할 일을 하던 호미며 삽이나 괭이 같은 농기구들도 덩달아 쉬면서 마을 어르신들이 노닥노닥 나누는 얘기나 뒹굴뒹굴 듣는다. 하지만 쉴 만하다 싶으면 새참 시간은 곧 끝난다. 자리를 털고 일어난 마을 어르신들은 일을 멈췄던 자리로 돌아가 야무진 손을 움직이기 시작하는데, 여기에는 허청허청 걷기도 힘든 할매도 짱짱하게 끼어 있다.

마을 안길 초입에서 시작된 울력은 어느새 마을회관 앞까지 와 있고, 야무진 손길이 지나간 자리는 멀리까지 단정하고 환하다. 하나둘 피어나기 시작한 지면패랭이꽃은 점차 절정을 향해갈 것이고 마을 어르신들은 뭔가 흐뭇한 눈길로 논밭을 오가며 진분홍 꽃물결을 바라보시겠지. 누군가가 이 마을에 들른다면 마음이 한결 맑고 밝아지기도 하겠지. 마음 안쪽에도 꽃길이 난다. 오전이 가기 전에 일을 마친 우리는 마을회관에 모여 꽃맹키로 피어나면서 도란도란 점심을 먹는다.

누군가가 이 마을에 들른다면
마음이 한결 맑고 밝아지기도 하겠지

경비대장

결혼한 뒤로 서울과 아랫녘을 오가며 살고 있다. 오르락내리락하는 일이 처음엔 영 어색했지만, 이제는 익숙하다. 서울은 아내와 딸애가 있어서 좋고, 아랫녘은 내 유년 시절과 노모와 작은 작업실이 있어서 그만이다. 줄곧 밥벌이 일터가 아랫녘에 있기도 했다. 길 건너 미용실에서 머리를 깎고 아파트로 들어설 때였다. 경비 어르신이 반가운 손짓을 하며 나를 불렀다. 이번 주까지만 일하고 그만두게 되어서 내 얼굴을 본 김에 인사라도 하시겠다는 거였다.

나를 부른 경비 어르신은 우리 아파트에서 십여 년 동안 함께했는데, 지금은 '경비대장 조경민'이라는 이름표를 왼쪽 가슴에 달고 있다. 매번 택배를 받아주고 낙엽을 쓸어내고 눈발이 치는 겨울엔 제설 작업을 하며 우리를 챙겨주던 어르신. 우리는 인사를 나누며 손을 잡기도 했다. 인사가 끝나고 엘리베이터를 탔던 나는 다시 1층을 눌렀다. 일흔 초중반 어르신이 드실 영양제 한 통 주세요. 나는 집으로 들어가지 않고 약국엘 들렀다 왔다.

똑똑, 106동 앞에 있는 경비실 문을 열고 들어갔다. 원래

이렇게 좁았나. 경비실 안에서는 라면 냄새가 났다. 어이쿠, 이런 걸 드시고 어떻게 일을 해요. 요새는 입맛이 없어서 그래요. 나는 손에 들고 있던 것을 내밀면서 약사님이 알려준 대로 아침 식사 후에 한 알씩 드시라고 말했다. 한번 안아봐도 돼요? 챙겨간 것을 전해드리고 나오면서 나는 조경민 어르신을 가만히 안아봤다. 오래전 돌아가신 내 아버지처럼 따뜻했다.

딸애와 아내에게 경비 어르신 얘기를 꺼내니 둘 다 서운한 마음을 표했다. 그 할아버지는 나랑 내 친구들이 몇 호에 사는지까지 다 알아, 참 좋으신 분인데. 하지만 그게 다였다. 우리는 곧 경비 어르신에 대해 어떤 얘기도 하지 않았다. 며칠 뒤, 딸애가 학원에 갔다 돌아온 뒤였다. 초인종이 울렸다. 올 만한 사람이 없는데 누구지? 문을 열어보니 조경민 어르신이었고, 손에는 쿠키 한 상자가 들려 있었다.

한번 안아봐도 돼요?

거리를 좀

두고 지내면

어떨까요

때론 사이가 너무 가까워져서 뭔가 불편하고 귀찮게 여겨질 때가 있다. 가령, 나한테는 고양이님이 그렇다. 오후 세 시를 전후해 찾아와 당차고 귀여운 모습을 보이고 가던 고양이는 어디로 갔을까. 시도 때도 없이 날 불러내는 고양이님은 '오후 세 시의 고양이'에서 '아무 때나 고양이'로 이름까지 개명하고는 오늘도 새벽 두 시 넘어 대뜸 찾아와 어서 먹을 걸 내놓으라고 난리를 치신다.

아, 이번엔 그냥 못 들은 척할까. 긁적긁적 문 열고 나가 접시 위에 사료를 올려드리고 들어오니 곧바로 안쪽을 향해 앙앙대신다.

왜 그러시죠? 이딴 거 말고 그거!

이 무지막지한 악다구니에 나는 어떻게 대응해야 하나. 나는 얼른 게맛살을 꺼내 성질을 부리시는 고양이님께 바친다. 읍내 마트에 나갔다 오는 길에 사왔던 소시지도 까서 정중하게 내드린다. 저기요, 이 정도면 되죠? 냠냠, 냥냥! 날렵하고 멋지고 때론 애교까지 부리던 고양이는 어디로 갔을까. 통통하게 살이 오른 살쾡이 같은 고양이님이 소시지를 먹다 말고 나를 쳐다보신다. 또 뭘 더 내놓으라는 건지, 베이컨까지 내줘야 하나? 너무 가까워진 사이가 영 마뜩잖을 땐 거리를 좀 두고 무던히 지내고 싶어진다.

'오후 세 시의 고양이'에서
'아무 때나 고양이'로

초겨울

초저녁

참

은빛 바람이었다. 날이 거뭇거뭇해지는 바닷가 둑길이었다. 거친 눈발 앞세우고 가다가 어느 허름한 선술집에 들러 생굴 한 접시 두고 쐬주나 한잔하고 가자는 나를, 개운하고 뜨거운 바지락 국물에 쐬주나 한잔 더 하고 선술집 귀퉁이 방을 얻어 하룻밤 묵어가자는 나를, 가까스로 데리고 가던 초겨울 초저녁 참이었다.

갯가에 맨발로 선 갈매기 무리가 갯바람을 똑바로 마주하고 서서 들어오는 밀물을 바라보고 있었다. 갯벌에 몸을 박은 말뚝 위로 올라선 갈매기 한 마리가 파닥이던 날갯죽지를 접고 중심을 잡아가고 있었다. 소형 어선 두어 척이 갯가로 나와 있던 고창 심원면 하전리 서전마을. 매운 갯바람에 더욱 매워질 마늘은 눈발을 털어내느라 분주했다. 아름드리 느티나무가 기꺼이 갯마을 앞길까지 나와 한사코 손을 흔들어주던 초겨울 초저녁 참이었다.

좌치나루터를 지나다가 '생굴 팝니다'와 '소주'가 펄럭이는 천막에 끌려 선운사 입구까지 가서 차를 돌렸다. 천막 문 밀치고 들어서자 훈기가 몰려왔고, 굴을 까고 있던 여자가 조새를 놓고 일어섰다.

쐬주는 좀 그렇고 생굴이나 언능 한 접시 하고 가지! 근처 양만장에서 이른 새벽부터 장어 밥을 주던 스물댓 살 무렵의 나를, 조근조근 품어 안아 집으로 가던 초겨울 초저녁 참이었다.

은빛 바람이었다.

날이 거뭇거뭇해지는
바닷가 둑길이었다

괜찮아,

받아!

또다시 이런 어른을 만날 수 있을까. 내가 야간대학에 다니며 봉제 공장에서 일할 적 사장님은 무척 인자했다. 아무리 긴박한 일이 생겨도 화를 내거나 인상을 쓴 적이 없었고, 권위나 근엄과도 거리가 아주 먼 분이었다. 늘 웃는 얼굴로 나를 '박 군'이나 '성우 학생'이라고 부르며 기특해하시곤 했다.

더구나 사장님은 문화예술에 폭넓은 지식을 갖고 계셨고 문학에 대한 조예도 깊었다. 괜찮아, 받아! 나를 각별하게 예뻐해주시던 사장님은 거의 매월 거르지 않고 나를 사무실로 따로 불러 오만 원 정도씩을 별도로 챙겨주셨다. 당시 오만 원은 시집을 열 권도 넘게 살 수 있는 적지 않은 돈이었는데, 그때마다 나는 야간 수업을 마친 뒤에 자전거를 타고 학교 근처 외진 골목에 있던 작은 책방으로 향했다. 욕심껏 시집을 골라 자전거 페달을 밟으며 집으로 갈 적에는 그야말로 세상 부러울 것이 없었다. 어떤 때는 월급을 보태 시내의 큰 서점으로 가 즐거운 주말을 보내기도 했는데, 생각하고 말 것도 없이 사장님께 얼마나 고마웠는지 모른다.

신춘문예가 얼마나 남았지? 꿈이 까마득 멀기는 해도 꿈을 향해 한 발 한 발 더 나아간다는 것은 얼마나 가슴 벅찬 일인가. 그러나 부푼 마음도 잠시, 곧 아이엠에프가 터진다는 소문이 돌았다. 그때까지만 해도 나는 아이엠에프가 얼마나 무섭고 센 것인지 잘 몰랐다.

어느 날인가는 우리 공장의 최고 관리자이던 김 부장이 카드 신청서라는 걸 내밀었다. 친구가 모 은행에 다니고 있는데, 성과를 내야 하니까 하나씩 작성하라는 거였다. 보조 사원 주제에 카드를? 나는 분명 자격 미달이었겠지만, 그렇게 카드를 만들게 되었고 사용 정지와 재발급의 반복을 거쳐 여전히 사용하고 있다.

아이엠에프는 가차 없이 처참했다. 얼마 되지 않아 쌍방울 하청 일을 주로 하던 우리 봉제 공장엔 일감이 뚝 떨어졌고 사장님은 일감을 잡아오느라 이리저리 뛰었다. 우리는 피켓을 들고 역 광장으로 나가 쌍방울 협력업체를 살려내라고 목소리를 높여보기도 했지만 별 소용은 없었다. 그 무렵 나는 자발적으로 공장을 나왔다. 공식적으로 마지막 출근 카드를 찍던 날 점심 무렵, 사장님이 나를 불러 근처의 유명한 삼계

탕집으로 데려갔다. 괜찮아, 받아! 잊지 않고 전별금까지 따로 챙겨주셨다.

종이 가방

작고 예쁜 소읍에 들렀다. 아주 먼 곳은 아니나 그렇다고 만만한 거리도 아니어서 나름은 마음먹은 김에 들른 길. 낡은 간판은 유행가처럼 흘러오다 그냥저냥 주저앉았고, 어쩌다 만난 까치 떼만 분주하게 자리를 옮겨 다녔다. 오래되었으나 새로 페인트를 칠한 농협 창고를 지나니 학교가 나왔다. 교문 앞에까지 나와 있던 아름드리 벚나무가 운동장 옆으로도 줄지어 서 있던 초등학교, 아이들 둘이 공을 주고받으며 열심이었다.

마을회관 안쪽 길로 좀 더 들어가볼까. 골목은 조용했고 돌담은 정겨웠다. 뜬금없이 들려오는 개 짖는 소리에 잠시 멈칫하기도 했지만, 자울자울 졸면서 볕을 쬐고 있는 고양이를 만나기도 하면서 느긋한 걸음을 뗐다. 아무도 없는 정자에 기대어 앉아 하늘을 올려다보기도 했고, 그 누구도 나와 있을 리 없는 오래전 빨래터 앞에 서서 빨래하던 모습을 더듬어보기도 했다. 어, 저건 피라미인가, 버들치인가. 마을 옆 냇가에는 물고기 열댓 마리가 저희끼리 몰려다녔다.

처음 왔던 자리로 돌아와 시외버스 시간표가 붙어 있는 낡은 슈퍼마켓을 들여다봤다. 오래된 살구나무를 두고 있는 작고 예쁜 우체국 앞에서도, 슈퍼마켓과 우체국을 끼고 있는 버스 정류장 의자에 앉아서도 사진을 찍었다. 유난 떨며 내세울 만한 게 아니어서 유별나게 더 좋은 소소한 풍경. 예전에는 사람들이 흥성흥성 몰려나와 있다가 시외버스를 타고 인근 도시로 나가기도 했겠지. 버스 정류장에는 나 말고 한 사람만 나와 있었다. 아, 저기 초승달 옆에 개밥바라기!

집에 거의 다 닿았을 때쯤에야 들고 다니던 종이 가방을 초저녁 버스 정류장에 두고 왔다는 걸 알았다. 돌아갈 방법이 아주 없는 건 아니었으나, 나는 곧 체념했다. 우연히 통화가 된 형에게 혹시 모르니 그 정류장에 좀 들러달라 부탁한 건, 다음 날 오후였다. 놀랍게도 형은 가방을 들고 왔다. 버스 정류장 의자에 있었다는 종이 가방, 안에 들어 있던 물건도 그대로였다. 오래 남겨두고 싶은 순간이었다.

아,

저기 초승달 옆에

개밥바라기!

우리
앵순 씨

지난 장마철이었다. 빗소리가 하도 커서 일을 하다 말고 밖을 내다보고 있는데, 길을 타고 내려온 물줄기가 앵순 씨네 텃밭으로 치고 있었다. 슬리퍼를 끌고 나가 보니 고추와 토란이며 옥수숫대가 거친 물살에 쓸려 휘청댔다. 이를 어째, 급히 장화로 갈아 신은 나는 삽을 들고 나가 허겁지겁 물골을 냈다. 더는 텃밭으로 물이 들지 못하게 밭 가장자리 안쪽으로 둑을 높여가며 물을 돌렸다. 그래 한 삽만 더 하자, 그래 딱 한 삽만 더 하고 끝내자. 안 쓰던 힘을 쓰려니 숨이 몰려왔고 어깨와 팔은 빠질 것처럼 저렸지만 아니할 수는 없었다.

앵순 씨는 나와 가장 허물없이 지내는 이웃. 머덜라고 또 이런 걸 가져오셨어요. 며칠 전에 미나리를 무쳐와 내밀고 갔던 앵순 씨가 오늘은 고추 모종을 한 주먹이나 들고 왔다. 너무 많으니까 다섯 개만 주세요. 무신 소리여 이만치는 심어야 서울도 가져가제. 옥신각신 실랑이 끝에 우리는 열 개에서 타협을 봤다. 한데 우리 앵순 씨가 들고 온 건 이게 다가 아니었다. 요놈 쪼깐 뿌려야 잘 커. 고추 모종을 하는 내 앞으로 비료가 담긴 커다란 봉지 하나가 내밀어졌다. 유기농으로 먹으려고 아무것도 안 하고 풋것들을 키우고 있는 터였지만, 아무리 사양해도 소용없었다. 그래, 우리 앵순 씨가 하라고 하면 해야 하는 것! 나는 비료를 설렁설렁 뿌리고는 남은 것을 돌려드리는 것으로 마무리했다.

일도 끝냈으니 고추 모종에 물이나 한 번 더 줄까. 방으로 들어와 쓰던 글을 마무리한 뒤에 텃밭으로 가보았다. 한데 이게 무슨 상황인가. 얼갈이 무와 배추며 도라지, 더덕 할 것 없이 내가 심어놓은 것들 주위로 하얗게 비료가 뿌려져 있다. 우리 앵순 씨가 아까 돌려드렸던 비료를 내 텃밭에 다 뿌려주고 간 모양인데, 유기농이면 어떻고 비료를 뿌려 키운 거면 또 어떤가. 맛있으면 그만인 거고 사람 마음이 우선인 게지. 구순을 바라보는 우리 앵순 씨는 내 텃밭 입구 회화나무 아래에 오이 모종 셋까지 살뜰히도 심어놓고 가셨다.

맛있으면 그만인 거고
사람 마음이 우선인 게지

삶은 얼마나
신비롭니

시인은 책을 읽고 시를 쓰던 젊은 날, 달은 외로운 가슴에 빛이었고 길이었다고 했다. 불을 끄고 방에 누우면 달빛이 창호지 문으로 새어 들어왔는데 시인은 이 달빛을 찍어 그 위에 시를 썼다고도 했다. 김용택 시인과 같이 정읍사 오솔길을 걷기 위해 나선 길, 걸음을 내딛기도 전부터 빗방울이 떨어진다. 샘골약수로 목을 축이던 나는 잠시 머뭇거리기도 했던가. 김용택 시인은 비가 오는 봄날 아침에 정읍사에 닿으니 행상 나간 남편을 걱정하던 백제 여인의 마음에 한 발짝 더 다가간 것 같다고 말하고는, 약수 맛을 보는가 싶더니 입가를 손으로 쓱 닦으면서 망부상이 있는 쪽으로 향한다. 성우야, 저 간절한 손 좀 봐라!

월영마을까지는 걸을 수 있겠지요. 시인과 나는 천년고개를 따라 걸음을 뗀다. 막 터지기 시작한 생강나무꽃이 이따금 반기기도 하는 길. 야, 저기 꽃 봐라잉. 고개를 돌려보면 진달래가 삼삼오오 피어 가느다란 목을 가볍게 흔들면서 비에 젖고 있다. 몇 발짝 옆 청단풍나무는 줄기에 청색 물을 한껏 당겨 올리며 눈망울 틔울 채비를 하는가. 우리가 걷는 동안 비는 왔다 갔다 했지만, 오랜 봄 가뭄 뒤에 오는 단비였으므로 시인과 나는 불편해하지 않았다. 우리 둘은 그저 산아래 보이는 먼 들판을 바라보거나 이런저런 얘기를 나누며 느긋하게 걸었다. 소나무 둥치에 대고 큼큼, 냄새를 맡아보기도 하면서.

우리는 정읍사 오솔길을 걸으며 갈림길을 더러 만났다. 그 때문이었을까. 나는 시인이 결정을 해야 할 때 어떤 기준으로 가고자 하는 길을 선택하는지가 문득 궁금해졌다. 성우야, 마음이 가는 대로 간다는 생각이지만, 마음대로 안 되는 게 삶이야. 다 자기 길을 스스로 내며 살아가는 거지. 삶은 얼마나 신비롭니? 시인은 쥐고 있던 우산의 빗물을 툭 털어내면서 혼잣말하듯 말했다. 길이 어지간히 젖어 미끄럽기도 했지만, 도란도란 걷다 보니 곧 우리가 걷기로 한 월영마을에 도착했다. 시인과 내가 오래된 느티나무 앞에 서 보았을 때, 빗줄기는 다시 굵어졌다. 빗줄기는 어지간했고 어쩐지 나는 바깥으로 내리는 비보다 안을 적시며 내리는 빗줄기가 더 굵은 느낌이었다. 그건 분명, 오랜만에 내리는 단비임에 틀림없었다.

시인은 책을 읽고
시를 쓰던 젊은 날,
달은 외로운 가슴에
빛이었고 길이었다고 했다

서울살이

뭉게구름이 풍선처럼 둥둥 띄워지고 맑고 높은 가을 하늘이 들썩인다. 2019년 10월 12일 토요일 오후, 관리 사무실 앞 광장에서 아파트 축제가 한창이다. 이 아파트 입주민이 아니어도 누구나 참가할 수 있는 노래자랑이 절정이다. 아직도 부녀회가 있나? 부녀회 회원들은 벼룩시장 옆에서 부침개를 부치느라 분주하다. 틈틈이 환호하고 박수를 치면서도 어묵 국물 내주는 일을 가뿐하게 해낸다.

심사 위원석 옆으로는 상품이 가득 쌓여 있다. 유모차를 밀고 그네를 밀어주던 젊은 엄마, 오늘은 아이를 아빠 품에 안기고 무대에 오른다. 연습을 얼마나 했을까. 놀이터에서 뛰놀던 아이들이 아이돌 댄스를 추는 일로 주인공이 된다. 일 등에게는 새로 나온 엘이디 티브이를 주고 이 등에게는 최신형 청소기를 준다는데, 누가 받아가도 좋겠다. 선풍기를 못 타고 이불을 못 받아도 서운치 않겠지. 참가자 전원에게 선물을 준단다. 곧 행운권 추첨이 있으니 자리를 뜨지 말란다.

우리 아파트는 뭐가 좋지요? 공기가 좋아요. 사람이 좋아요. 우리 아파트는 인심이 좋아요! 모두 맞는 말이다. 이 정도라면 살 만한 서울살이다. 시끄럽다는 항의가 없다는 것도, 부녀회가 따로 있다는 것도, 우리 아파트를 사랑하는 모임에서 이런 행사를 만들었다는 것도 마냥 신기하기만 하다. 안타깝게도 나는, 입주민의 후원과 협찬이 있다는 사실을 뒤늦게야 알았다. 내년엔 나도 뭘 내놓든 내놓아야겠다.

이 정도라면
살 만한
서울살이다

방금 전에

온

거였으면

아이는 단풍이 푸른 손을 펴서 흔드는 오월에 태어났다. 엄마 품에서 세이레를 보내고 난 뒤부터 줄곧 외할머니 품에서 자랐다. 봉화에 살다가 수원에 터를 잡은 외할머니 댁. 서울에서 직장을 다니는 아내는 퇴근 시간을 이용해 일주일에 서너 번씩 수원을 다녀갔다. 아랫녘에서 밥을 벌던 나는 금요일 저녁이 오기를 기다렸다가 고속도로를 타고 수원 처가로 갔다. 아이가 걸음을 뗄 수 있을 만큼 자란 뒤로는 아내나 내가 아이를 차에 태우고 서울 집으로 가서 밥풀처럼 엉겨 붙어 잤다.

세 식구가 세 곳으로 흩어져 밥을 먹고 잠을 자던 시절, 외할머니와 함께 자란 아이는 네 살이 되자 그림을 그리면서 노는 미술 어린이집을 다녔다. 한번은 아이가 그린 그림이 외할머니 댁 거실에 놓여 있었는데 가만 보니 엄마, 아빠 손을 잡고 걷는 것 같은 그림이었다. 와, 요게 엄마지? 함무니! 이거는 아빠가? 할아부지! 그림 속 딸애는 외할머니와 외할아버지 손을 잡고 걷고 있었다.

우리는 그해 가을부터 서울 집에서 같이 살았다. 나는 더는 안 되겠다 싶어, 아랫녘에서 하던 시간강사 일을 정리하고 서울로 올라와 아이를 한동안 전담했다. 그때 나는 어린이집이 끝나기를 기다렸다가 아이의 손을 잡고 시장 구경을 가고는 했는데, 일주일에 두어 번은 시장 골목을 돌며 저녁 찬거리를 골랐다. 대개는 고등어를 사서 돌아왔고, 원고료라도 받은 날에는 제주도산 갈치 토막을 호기롭게 사기도 했다. 고등어를 조리든 갈치를 굽든 고등어 등처럼 푸르고 갈치 비늘처럼 은빛으로 빛나던 비릿한 밤들. 하지만 나는 머지않아 전주 인근에 있는 대학에 교수로 임용되었고 다시 아랫녘으로 내려가게 되었다.

딸애가 일곱 살 때였다. 모처럼 평일 하루가 비었다. 나는 딸애 손을 잡고 유치원이 아닌 그리 멀지 않은 서울대공원으로 갔다. 딸애와 나는 모처럼 훙얼훙얼 폴짝폴짝 신나게 돌아다니며 놀았다. 그간 하지 못했던 비밀 얘기도 하고, 엄마가 먹지 못하게 하는 것들도 실컷 사 먹었다. 이렇게 좋은 것을 왜 진즉 하지 못했을까. 그렇게 하루를 보내고 어느새 돌아가야 할 시간이 되었을 때였다. 아빠, 우리가 여기에 방금 전에

온 거였으면 좋겠다! 그치?

뭔가 뭉클했다.

어떤
민원 신청

세 해 전의 일이다. 인근 중학교에서 강연이 있어 집을 나서는데 아파트 진입로에 쓰러져 있던 노인을 여성분 둘이 일으켜 세우고 있었다. 무슨 일이지? 나도 쭈뼛쭈뼛 거들어 안전을 확보하려는데 노인의 바지가 점점 무릎 아래로 흘러내렸다. 이를 어째? 나는 한 분과 힘을 합쳐 노인을 바짝 들어 올리고, 다른 한 분이 노인의 바지를 가까스로 추켜올려 벨트를 채워주었다. 덕분에 거동이 불편해 보이는 노인을 겨우 보도블록 위로 옮겼지만, 노인은 길을 잃은 듯했다.

할아버지, 댁이 어디세요? 할아버지, 혼자 나오셨어요? 두 사람의 물음에도 노인은 별다른 대꾸를 하지 않았고 어깨에 걸린 작은 가방에 들어 있던 몇 개의 적금 통장만이 반쯤 열린 틈으로 놀란 얼굴을 삐죽삐죽 내밀고 있었다. 할아버지, 저희 공무원이니까 걱정 마시고 말해도 돼요. 여성분들이 노인의 마음을 여는 사이, 나는 112로 전화를 걸었다.

할아버지, 성함이 어떻게 되세요? 할아버지, 오늘이 며칠이죠? 할아버지, 은행에 다녀오시는 길이에요? 뒤늦게 입을 연 노인은 횡설수설하다가도 아들은 바쁘니까 아들한테 절대

알리면 안 된다는 말을 반복했다. 그사이 경찰이 왔고 강연 시간에 쫓기던 나는 더는 지체할 수 없어 자리를 떠야 했다. 저희가 있으니까 먼저 가세요. 점심 먹으러 가는 길이었다던 두 사람만이 남아 노인 곁을 지켰다.

다음 날 늦은 저녁, 한 통의 문자가 날아왔다. '안녕하십니까. 금천경찰서 백산지구대 3팀장입니다. ○월 ○일 신고하신 할아버지는 ○○아파트에 거주하시는 분으로 확인되어 모셔다드렸습니다. 앞으로도 경찰의 도움이 필요하실 때는 언제든 112로 신고해주시면 신속히 출동하여 도와드리도록 하겠습니다. 감사합니다' 감사? 나는 두 사람을 떠올리지 않을 수 없었다. 공무원? 고개를 갸웃갸웃, 나는 우리 구청 홈페이지로 들어가 '구청장에 바란다'에 비공개 편지를 썼다. 가능한 일일지는 모르겠으나, 혹여 가능한 일이라면 공무원으로 추정되는 익명의 두 분을 찾아 칭찬해주고 격려해주면 고맙겠다는 요지의 글이었다.

나흘 뒤, 답변이 왔다. 두 사람은 시흥2동 주민센터에 근무하는 공무원이라 했다. 나는 무엇보다 그 두 분들을 칭찬해주고 격려해주면 좋겠다는 내 민원을 흔쾌히 들어주겠다는 구청장의 답변이 맘에 들었다.

이앙즈요셉 수녀님과

소록도

섬이라 말하기에는 뭍이 너무 가까운 섬, 이제는 다리가 놓여 온전한 섬이 아닌 섬, 소록도. 이 섬과의 인연은 1991년 녹동 시외버스 터미널에 도착하면서 시작되었다. 그때 공군이었던 나는 첫 휴가를 받아 부대의 선임병과 함께 단출한 여행 중이었는데, 같은 버스에 타고 계셨던 수녀님이 짐을 잔뜩 들고 내리고 있었다. 마냥 보고만 있을 수 없던 우리는 수녀님의 짐을 나누어 들고 동행했는데, 그 일이 인연이 되어 소록도와도 연을 맺게 되었다.

수녀님은 소록도유치원 소속 수녀님이었다. 그때만 해도 소록도에 아무나 드나들 수 없었는데, 수녀님은 우리가 다음 날 아침 첫 배로 소록도에 들어와도 좋다고 하시며 안내소에도 미리 말을 해두시겠다고 했다. 우리는 녹동에서 하룻밤을 자고 소록도행 첫 배를 탔다. 우리가 섬에 도착했을 때 수녀님은 우릴 기다리고 계시다가 맑고 환한 표정으로 반겨주셨다. 소록도유치원에 닿은 우리는 교실 벽에 몇 개의 못을 박기도 하고 고장이 난 카세트를 만지작거리기도 하면서 어떻게든 수녀님께 고마운 마음을 표하고 싶었다. 결국 우리는 수녀님의 만류를 기분 좋게 뿌리치고 화장실 청소와 유리창 닦기를 후다닥 해냈다. 하지만 한없는 마음을 내주시고 따뜻한 배웅까지 해주시던 수녀님이 끝끝내 찔러주시던 지폐는 기어이 뿌리치지 못했다.

수녀님은 내 이십 대의 가장 좋은 책이었다. 그간 가까운 친구, 선후배들과 함께 쏠려가 소록도분교 아이들에게 인형극을 보여주기도 했고, 소록도유치원 입구 쪽에 기왓장을 덧대어 작은 화단을 만들기도 했는데, 이런 우리를 수녀님은 늘 포근하게 품어주셨다. 수녀님의 소개로 친해지게 된 성당의 할아버지, 할머니들과도 우리는 스스럼없이 지냈다.

하지만 이앙즈요셉 수녀님이 유치원과 소록도를 떠난 뒤로 나는 그곳에 거의 들르지 않았다. 그사이 소식이 끊겼던 수녀님과 다시 연락이 닿은 건 2013년 여름이었다. 참으로 오랜만에 섬에 들렀을 적인데, 소록도성당 앞을 서성거리다가 다른 수녀님으로부터 수녀님의 연락처를 받게 되었다. 나는 곧 수녀님께 전화를 드렸다. 대구의 샬트르 성 바오로 수녀원에 계신다는 수녀님. 1920년생이시고 당시 우리 나이로 아흔네 살이시던 수녀님. 아주 오랜만의 안부였지만 이앙즈 요셉 수녀님은 단박에 나를 알아보시고 기뻐하시며 맑고 밝고 환한 목소리를 건네주셨다.

처음 들어보는
새소리

창을 열어 책을 보고 있을 때였다. 처음 들어보는 새소리가 들려왔다. 무슨 새지? 쭙쭙쭙, 하고 우는 것 같기도 했고 쭙 쭙 쭙, 우는 것 같기도 했다. 어찌 들어보면 쯧 쯧 쯧, 하는 소리로 들리기도 했고, 찟 찟 찟, 하는 소리로 들리기도 했는데, 딱새나 박새 같은 새소리와 크게 다르지는 않았다. 날아가지도 않고 한자리에서 우나? 읽던 책을 잠시 내려놓은 나는 창밖으로 보이는 회화나무 가지를 올려다보았다. 창살을 타고 오른 담쟁이덩굴 때문에 잘 안 보이는 건가? 아무리 살펴봐도 소리만 들려올 뿐, 새는 보이지 않았다.

쯔읍 쯔읍 쯔읍, 한참 뒤에는 뒤란 쪽에서 새소리가 들려왔다. 자리에서 일어난 나는 창가에 바짝 이마를 댄 채로 창밖을 보며 새가 앉아 있을 만한 가지를 살펴보았다. 하지만 잣나무 가지에도 고욤나무 가지에도 새는 없었다. 뭔가에 홀린 기분이랄까. 잊고 있을 만하면 소리가 들려왔고 매번 나는 새를 찾을 수 없었다. 아, 안 되겠다. 다시 새소리가 들려오자 이번엔 살며시 문을 열고 밖으로 나가 조심조심 주위를 살폈다. 놀랍게도 새소리를 내던 건 새가 아닌 다람쥐였다. 밭과 경계를 이루고 있는 돌담 틈에서 우는 다람쥐.

여태껏 나는 작업실 마당에서 다람쥐를 여러 번 보았다. 특히나 계곡에 닿아 있는 마당 쪽에는 제법 오래된 호두나무가 있어, 호두가 익어갈 무렵에는 어김없이 다람쥐가 찾아오고는 했다. 나는 몇 번인가 계곡으로 내려가 물에 빠진 호두를 주워다 마당 끝 바위 위에 올려놓고 왔다. 오, 역시나 방문해주셨군. 그럴 적이면 대체로 다람쥐가 나타났고, 바위 위로 올라와 노는 다람쥐를 바라보는 재미가 여간 쏠쏠한 게 아니었다. 한데, 가을도 아닌 늦봄에 귀한 다람쥐를 보다니, 그것도 새처럼 우는 다람쥐를! 이 방면으로 제법 잘 아는 지인에게 전화로 물어보니 아직 짝을 찾지 못한 다람쥐일 거라는 말을 들려주었다.

가을도 아닌 늦봄에 귀한 다람쥐를 보다니,

그것도 새처럼 우는 다람쥐를!

빌뱅이 언덕 아래
작은 흙집

어느 해 가을이었다. 문경에 일정이 있어 내려갔다가 멀지 않은 안동에 닿은 적이 있다. 문득 전쟁 통의 서럽고 아픈 이야기를 다룬 『몽실 언니』를 읽으며 먹먹하게 울먹거렸던 기억이 떠오르면서, 불현듯 권정생 선생님의 삶의 흔적이 궁금해졌기 때문이었다. 나는 어떤 기운에 이끌린 듯 안동으로 향했다. 냄새라도 좀 맡아볼 수 있겠지. 안동의 권정생어린이문화재단에 도착한 나는 그곳의 살림을 도맡고 있던 안상학 시인의 도움을 받아 선생님의 유품과 유언장을 들여다봤다.

하지만 불쑥 찾아가지 말아야 했는지도 모른다. 딸애의 이름까지 지어준 안상학 시인은 내 시가 쇠해졌다 싶으면 가차 없이 전화를 넣어 성우야, 요새 무슨 일 있나? 하며 깊고 다정한 목소리를 전해주는 분인데, 없던 시간까지 만들어가며 나를 권정생 선생님 생가로 안내했다. 아, 이렇듯 소박한 삶이라니. 안동시 일직면 조탑리 7번지에는 작고 오래된 흙집 한 채가 자리하고 있었다. 산수유나무와 두충나무와 수돗가 은행나무가 선생님 대신 마중 나와 서 있던 흙집.

우리는 처마 아래에 놓여 있던 평상에 나란히 앉았다. 아,

저쪽 어디에서 『강아지똥』이 나왔겠구나. 선생님이 생전에 사용했다는 뒷간과 산뽕나무와 강아지 집이 보이는 마당을 바라보았다. 성우야, 이쪽으로 와보래이. 잠시 자리에서 일어난 시인은 나를 뒤란으로 부르더니 크고 넓은 바위가 있는 곳이 빌뱅이 언덕이라는 것을 알려주었다. 그는 창호지 문구멍에 눈을 대고 안쪽을 들여다보는 나를 위해 방문을 잠시 열어줬다.

우리가 다시 평상으로 돌아오자 생가에 닿기 전부터 몇 방울씩 떨어지던 빗줄기가 제법 굵어지는가 싶더니 이내 세차게 쏟아지기 시작했다. 그때였다. 시인은 무언가 생각난 듯 벌떡 일어나더니 괭이를 들고 뒤꼍으로 갔다. 그러더니 줄기차게 쏟아지는 빗줄기를 온몸으로 받아내며 물골을 넓혀내고 있었다. 됐데이, 이건 내 일이래이. 아무리 손을 보태려 해도 낙숫물이 시원시원 빠져나갈 때까지 괭이를 내주지 않았다.

산수유나무와
두충나무와
수돗가 은행나무가
선생님 대신
마중 나와 서 있던
흙집

소리로 읽는
달력

책을 읽고 글을 쓰는 방에 앉아 창을 열면 대숲이 보인다. 우람하게 솟은 나무 몇을 품고 있는 대숲. 낮에는 바람과 별과 구름을 쓸어내리고 밤에는 뭇별과 달을 쓸어내리는 대숲. 한겨울 폭설에 허리가 꺾이다가도 어깨를 펴고 벌떡 일어나 푸른 빗소리를 들려주는 대숲. 새들은 이곳에서 아침을 열고 저녁을 맞이한다.

평상시의 대숲은 멧비둘기나 물까치 떼가 나누어 차지하고 딱새나 참새같이 작은 새들도 곁들어 산다. 봄이 오면 호랑지빠귀가 이 대숲의 일원이 된다. 아직은 춥다 싶은 밤에 문득 호랑지빠귀 소리가 들려오면 아 봄이구나, 생각한다. 깊은 밤의 정적을 거침없이 깨우는 새라니. 호랑지빠귀는 호오호오 우는 것 같기도 하고 휘이휘이 우는 것 같기도 한데, 자정 무렵의 소리는 때로 으스스한 느낌이 들기도 한다.

일명 귀신새라고도 하는 호랑지빠귀 소리가 마냥 정겹게 느껴지는 4월 서넛째 주 즈음엔 소쩍새가 찾아온다. 이렇듯 반가운 소리라니. 어느 밤에 돌연히 소쩍새 소리가 들려오면 깜깜하던 밤이 환해지는 느낌이 드는데 올해는 4월 24일에

'첫 소쩍새 소리'가 찾아왔다. 이 소쩍새 소리는 대숲이나 집 앞 느티나무 쪽에서 들려올 때가 제일 좋은데, 패가끔골이랄지 상해번지골, 그리고 숨넘어또랑골 쪽에서 오는 길고 먼 울음소리도 아련하니 좋다.

밤에 주로 우는 호랑지빠귀나 소쩍새와는 달리 환한 낮에 밝은 목소리로 다가오는 새는 꾀꼬리다. 이렇듯 높고 맑은 음역을 가진 새가 또 있을까. 고추 모종이나 호박 모종 같은 걸 텃밭에 심고 있다가 갓 따낸 참외같이 싱싱한 꾀꼬리 소리가 맑고 파란 하늘 위로 솟구쳐 올라가는 소리를 들으면 마음속까지 상쾌해지는 느낌이 든다. 이 소리는 대략 5월 첫째 주나 둘째 주를 전후해 오는데 올해는 5월 6일 아침나절에 처음으로 왔다.

아직은 춥다 싶은 밤에
문득 호랑지빠귀 소리가 들려오면
아 봄이구나, 생각한다

아이 마음

한 뼘,

내 마음

두 뼘

거실에서 빈둥거리고 있을 때였다. 방문을 열고 나온 딸애가 내게 물었다. 아빠, 과학이 뭐야? 갑작스러운 질문에 당혹스러워진 나는 태연한 척하며 사전을 가져다 펼쳐보았다. 하지만 어른인 내가 읽어도 개념이 간단치 않아 곧 난감해지고 말았다. 어려운 말로 쓰인 뜻 앞에서 쩔쩔매던 나는 곧바로 사전을 덮었다. 그러고는 그저 나만의 방식으로 과학에 대해 알려줬다. 응, 과학이라는 거는 전구가 어떻게 켜지는지, 별은 왜 뜨는지, 공룡은 왜 사라졌는지, 로켓은 어떤 원리로 날아가는지, 우주는 얼마나 크고 넓은지 같은 걸 알아보면서 더 멋진 상상을 하는 건데, 이런 걸 연구하는 사람을 과학자라고도 하지, 라는 식으로 말해줬다. 딸애는 금방 그 말뜻을 알아듣고는 제 방으로 들어갔다.

아주 어렸을 적 딸애는 보이는 대로 손가락으로 가리키며 '아빠, 이게 뭐야?' 혹은 '아빠, 이거 먹는 거야?' 하는 식으로만 단순하게 물었다. 하지만 유치원생을 지나 초등학생이 되면서부터는 궁금증의 폭이 하루가 다르게 늘어갔다. 어떤 날엔가는 동화책을 읽던 딸애가 '아빠, 어이없다는 게 뭐야?'

하고 물어온 적이 있다. 그런 딸애에게 '응, 어이없다는 것은 너무 엄청나거나 뜻밖의 일을 당해서 기가 막히는 듯하다는 뜻이야'라고 설명해줘봐야, 별 도움이 되지 못한다는 것쯤은 익히 알고 있는 터. 나는 눈에 보이지 않는 마음을 바로 눈앞에 보이는 것처럼 말해주는 방식으로 알려줬다. 응, 어이없다는 것은 밥을 먹으려고 식구들이 빙 둘러앉았는데, 취사 버튼이 안 눌려져서 전기밥솥에 쌀이 그대로 있을 때 드는 마음 같은 거야. 왜, 우리도 그런 적이 있잖아. 그치!

딸애와 나는 적지 않은 얘기를 주고받으며 썩 잘 지내는 편이지만, 한번은 이런 적이 있었다. 마트인가 문방구인가를 같이 다녀오다가 우리 둘은 서로에게 단단히 삐쳤다. 무엇 때문에 그렇게 되었는지는 정확히 기억나지 않지만, 딸애도 나도 심하게 틀어졌던 것만은 확실하다. 아빠는 왜 아빠만 생각해? 크게 화가 난 딸애는 아파트 입구에 들어서자마자 뛰어가듯 빠른 걸음으로 앞서 나갔고, 서운한 마음이 적지 않았던 나는 일부러 늦장을 부리듯 느린 걸음으로 나아갔다. 그렇다 보니 어느새 딸애는 저만치 앞서 나갔고 나는 확연히 뒤처졌다. 자기 먼저 엘리베이터를 타고 집에 들어가 엄마한테 하소연하겠지? 한데, 어쩐 일인지 딸애는 우리 동이 있는 관리 사무실 앞 인도에 멈춰 서 있었다. 그러고는 '으이구' 하는 표정과 목소리로 나를 부르며 손짓했다. 아빠, 빨리 와. 우린 식구니까 같이 가야지! 반성을 하지 않을 수 없던 날이었다.

걸어서
집으로

그만 일어나야 할지, 더 앉아 있어야 할지. 얼떨결에 별로 친분이 없는 사람들과 합석까지 해 자리를 지킨다. 형식적인 인사를 나누고 이따금 잔을 부딪치면서 편한 것도 크게 불편한 것도 아닌 술자리를 이어간다. 얘기가 끊길 때는 휴대전화를 만지작거리고 생각난 듯 화장실에 다녀오기도 한다. 딱히 할 말도 없고 가만히 있자니 어색하기만 한 자리. 어른 몇이 동석하고 있어 함부로 자리를 뜨기도 애매한 자리. 오 분만 더 오 분만 더, 하다가 멋쩍은 얼굴로 자리를 털고 일어선다.

간발의 차이다. 나는 금천구청역까지 가야 하는데 마지막 지하철은 구로가 종착역이다. 구로역 밖으로 몰려나온 사람들은 택시를 능숙하게 잡아타고 어눌한 나는 매번 택시를 놓친다. 결국 나는 택시 타는 걸 포기하고 이정표를 따라 걷는다. 길을 모르니 철길이 보이는 큰길을 따라 걷는다. 가산디지털단지역을 지나 독산역과 금천구청역을 지나 범일운수 종점이 있는 곳을 향해 걷는다. 돌아갈 집이 있다는 것과 나를 기다리다 잠들었을 어린것과 아내를 떠올리면서 뚜벅뚜벅 힘차게 걸음을 옮긴다.

왜 하필 구두를 신고 나왔을까. 몇 분만 일찍 자리를 털고 일어났으면 어땠을까. 다음부터는 그만 일어나야겠다고 당당하게 말하고 서둘러 길을 나서야지. 생각을 이어가면서 낯선 길을 이어간다. 걷다 보니 빈 택시가 참 많이도 지나간다. 나는 택시를 잡아타지 않는다. 집은 기껏해야 팔 킬로미터 남짓, 이 정도 거리라면 코흘리개 시절에도 매일같이 고갯길을 넘으며 거뜬히 걸었다.

나를 기다리다
잠들었을 어린것과
아내를 떠올리면서
뚜벅뚜벅 힘차게
걸음을 옮긴다

유년의
거울

아무도 없는 방에 남겨진 날이었다. 유년의 나는 벽에 걸린 거울을 떼어 들고는 방바닥을 천장 쪽으로 기울여보기도 하고, 천장을 방바닥 쪽으로 기울여보기도 하면서 놀았다. 들고 있던 거울을 점점 아래로 기울이다 보면 아래에 있어야 할 두 발이 들려지거나 위에 있어야 할 머리가 아래로 쏠리는 것 같았는데, 그것은 무서우면서도 무척 재미있는 일이었다. 방바닥을 위로 좀 더 들어 올려볼까. 거울을 훌쩍 기울여 들고 있다 보면 나는 끝을 알 수 없는 아래쪽으로 끝없이 떨어져 내리는 것만 같았다.

나는 기꺼이 거울을 들어 올리고 앉아, 머리를 흔들어대고 두 발을 바둥거리면서 수십 수백 수천 킬로미터 아래로 끝없이 떨어져 내려갔다. 뒷마당을 거꾸로 하면 장독대가 쏟아지겠지? 뒷산을 거꾸로 하면 토끼와 고라니가 쏟아지겠지? 강물을 거꾸로 하면 붕어며 메기가 쏟아져 나올 텐데, 물고기를 주워 담다가 물벼락을 맞으면 어떡하지? 때아닌 걱정을 해대기도 하면서 언제까지고 거울 속 세상으로 떨어졌다.

그나저나, 얼마나 더 떨어져야 하는 거지? 어른어른 현기 증이 일면, 나는 얼른 들어 올리고 있던 거울을 내려놓고 긴 숨을 내쉬었다.

뒷마당을 거꾸로 하면
장독대가 쏟아지겠지?

뒷산을 거꾸로 하면
토끼와 고라니가 쏟아지겠지?

내 맘대로
마음공부

나는 불교를 모른다. 그러니 당연히 부처님의 가르침이랄지, 깨달음의 진리랄지 하는 걸 알 리 없다. 한데 이상한 일이다. 청소년기의 윤리 시간에 배웠던 사성제(四聖諦)와 팔정도(八正道)를 지금도 외우고 있다. 영원히 변치 않는 네 가지의 성스러운 진리인 고성제(苦聖諦), 집성제(集聖諦), 멸성제(滅聖諦), 도성제(道聖諦). 깨달음과 열반에 다다르기 위한 올바른 여덟 가지 길인 정견(正見), 정사유(正思惟), 정어(正語), 정업(正業), 정명(正命), 정정진(正精進), 정념(正念), 정정(正定). 나는 이걸 '고집멸도, 정견사유어업명정진념정'의 방식으로 글자를 따서 기억하고 있는데, 묘한 쓰임이 될 때가 적지 않다.

사람이 사는 것 자체가 고통이라는 고성제, 욕심과 집착이 고통의 원인이라는 집성제, 진리를 체득해 미혹과 집착을 끊는 멸성제, 일체의 속박에서 벗어난 경지에 이르는 방법인 도성제. 여기에 고통의 원인을 없애고 깨달음의 경지에 이르기 위한 여덟 가지 수행 방법인 팔정도는 또 어떤가. 바르게 보는 정견, 바르게 생각하는 정사유, 바르게 말하는 정어, 바르게 행동하는 정업, 바른 목숨을 유지하는 정명, 바르게 노력

해 나아가는 정정진, 바르게 기억해 마음을 살피는 정념, 바른 마음을 정하는 정정. 어느 하나 마음에 들어오지 않는 말이 없다. 물론 내가 그 깊은 뜻을 정확하게 풀이해 알고 있을 확률은 그리 높지 않을 테지만.

의외로 나는 위의 말들을 마음 한편에 모셔둔 채 지내는데, 생각을 정리해가며 글을 쓰거나 혹은 어떤 혼란스러운 상황에서 판단을 해야 할 때 용이하게 활용한다. 뜻밖의 위로를 받고 힘을 얻으며 지낼 때도 적지 않다. 나는 종교를 가진 사람이 아니므로 수행까지는 엄두도 못 낼 테지만 이를 응용하여 하루를 마무리하기도 한다. 어떻게 하면 고통과 욕심과 집착을 멀리한 채 편안한 잠을 자고 맑은 하루를 열 수 있을까? 나는 불을 끄고 침대에 누우면 한 장 한 장의 사진을 꺼내 바라보듯, 내 인생에서 가장 기쁘고 즐겁고 행복했던 순간들과 의미 있고 쓸모 있었던 순간들만 골라 순서대로 떠올린다. 단순히 떠올려 바라보는 게 아니라 그때의 표정과 기분, 가볍지만은 않은 가치도 되살려 마음 안쪽 깊은 곳에 대본다. 단 하루도 거르지 않고 이렇듯 하는 일은 보통 십 분에서 이십 분

정도 걸리는데, 하고 나면 마음이 그렇게 편해질 수가 없고 아늑한 잠에도 쉽게 들 수 있다. 깊은 수면 덕분일까. 아침에도 그렇게 상쾌할 수가 없다.

3부

같이
밥을 먹는
일

물까치 떼

십 년 넘게 마당 주위에 나무를 심었더니 집 둘레가 제법 근사한 작은 숲이 되었다. 여름 마당에는 지붕 위로 훌쩍 올라 자란 회화나무와 산벚나무와 이팝나무가 있다. 실한 열매를 맺는 산수유나무와 매실나무가 있고, 시원시원 가지를 뻗어 올리는 소나무와 잣나무가 있다. 키는 작아도 야무진 화살나무와 오갈피나무가 있다. 원래부터 살던 참죽나무는 여간 둥치가 굵은 게 아니고, 심은 적 없으나 알아서 나고 자란 뽕나무와 느티나무와 팽나무도 제법이어서 살뜰히 살핀다. 이렇듯 마당을 작은 숲으로 가꾼 건 분명 나인데, 언제부턴가 물까치 떼가 떡하니 차지하고는 주인 행세를 한다. 아니, 좀 더 명확히 하자면 내가 아닌 물까치 떼로 이 집 마당 주인이 바뀌었다.

조금 전에도 어치 한 마리가 집 마당으로 들어왔다가 주인인 물까치 떼에게 호되게 혼나고 갔다. 어제는 내가 좋아하는 꾀꼬리까지 빽빽 소리를 질러 사납게 쫓아냈고, 며칠 전에는 마당에서 밥을 먹는 어린 고양이를 내려다보며 악을 써대다가 접시 위에 남겨진 통조림 참치까지 먹어치웠다. 그럼에도 나는 이제 마당의 주인이 아니므로 어떤 조치도 취할 수 없다. 생각하다 보니 춥고 배고프진 않을까 하여 건포도랄지 부스러기 땅콩이랄지 사과 조각 같은 걸 챙겨 겨울 마당에 던져준 내 잘못이 크다. 내 스스로 물까치 떼에게 먹을 것이나 구해 바치는 어리숙한 사람을 자청했으니, 그나마 나한테는 윽박지르지 않는 저 포악한 주인 무리에게 감사해하며 살 일인지도 모른다.

마당을 작은 숲으로 가꾼 건
분명 나인데, 언제부턴가
물까치 떼가 떡하니 차지하고는
주인 행세를 한다

초저녁과

깊은 밤,

그리고

아침

퇴근이다. 초저녁 강가에 나가 낮이 가고 밤이 오는 것을 본다. 강가에서 풀을 뜯던 염소가 옅은 어둠을 툭툭 치며 집으로 돌아가는 소리와 강가를 쏘다니던 물까치 떼가 강물 냄새를 묻혀 대숲 팽나무집에 드는 소리를 듣는다. 날이 어두워지기를 기다렸다가 강 건너 불빛이 하나둘 들어오면, 강 언덕 아름드리 소나무에 어깨를 기대고 있던 나는 그만 돌아가야겠다고 생각한다. 오늘은 어째 좀 늦었구나, 검푸른 하늘 위로 내려온 개밥바라기와 초승달에 손을 들어 보이고 강 언덕을 내려오다 보면 마을 소식이 궁금한 고라니가 마을 안길로 들어서고 있다.

저녁 작업을 마치고 쉬다가 양 한 마리, 양 두 마리, 아무리 숫자를 세어도 잠이 오지 않는 밤엔 자리를 털고 일어나 강변으로 나간다. 강변 자두나무 정류장에 앉아 달빛 일렁이는 바람과 별빛 반짝이는 물결을 내려다본다. 북두칠성과 목동자리와 사자자릴 더듬어보고, 강물을 건너가는 달을 바라보다가 별빛과 달빛을 도심으로 실어 나르는 버스가 한 대쯤 있어도 좋겠다고 생각한다. 강 건너 외등이 제 얼굴을 강물에 비추어보려 애쓰는 모습과 언제 봐도 듬직한 검푸른 산등성의 넉넉함도 싣고 가야지. 깊은 밤의 노래도 건어가라는 듯 소쩍새 소리가 강물 위로 번진다.

맑고 푸른 아침이다. 창을 열어 대숲 새소리와 마당 공기를 방 안으로 들인다. 얼굴을 씻고 머리를 감고 텃밭으로 나가 풋것들의 안부를 묻는다. 아침 볕과 바람을 걸러내 연초록 그늘을 만드는 느티나무 할머니께 인사를 하고 파란 하늘을 올려다본다. 그래 안녕, 좋은 아침이야. 먼발치서 나를 알아보고 달려오는 동네 고양이에게 밥을 내주고 방으로 든다. 밥 한 숟가락 뜨고 책상 앞에 앉는 것으로 출근을 마친 아침. 오늘은 단 한 통의 전화도 오지 않으면 좋겠다고 생각하며 원고 마감일을 확인한다.

깊은 밤의 노래도
걸어가라는 듯
소쩍새 소리가
강물 위로 번진다

폭설은

돌아가고,

밤하늘엔

흰 별이

지난겨울, 노모 집에 닿아 있을 때였다. 뭔 일로 요로코롬 큰 눈이 온다냐잉, 생각지도 않았던 폭설이 이른 아침부터 찾아와 나를 막무가내로 불러댔다. 하지만 나는 노모가 해주는 밥을 말끔히 비우는 일로 오래전 먼 길 가신 아버지의 빈자리를 채워야 하거나, 콩 고르는 노모 옆에 앉아 노닥노닥 고구마를 구워 먹는 일 따위를 소홀히 할 수 없어 폭설을 돌려보내야만 했다.

돌아간 줄로만 알았던 폭설은 다음 날에도 그다음 날에도 나를 찾아왔다. 폭설의 성의를 더는 무시할 수 없던 나는 목이 긴 장화를 꺼내 신고 폭설을 따라나섰다. 오후의 폭설은 나를 데리고 들판으로 갔다. 푹푹 빠지며 걷다 보면 얼음이 깔려 있거나 짚단이 쌓여 있는 논뙈기가 나오기도 했고, 아직 뽑지 않은 고춧대가 겨우 얼굴을 내밀고 있는 산비탈 밭뙈기가 나오기도 했다. 다시 고개를 넘어 희고 멀게만 보이던 마을에 닿았을 때였다. 눈에 익은 소년 하나가 오래된 느티나무에 기대어 있었다.

여기서 뭐 해? 외할매네 집에 다녀오다 잠깐 쉬고 있는 건데요. 혼자? 뭔가를 입에 물고 고개를 끄덕이던 소년의 입에서 박하사탕 냄새가 났다. 이런 날 혼자 돌아다니면 못써. 볼이 빨갛게 튼 소년을 업고 냇가 자갈밭을 건널 땐 발에서도 소년의 입에서도 박하사탕 굴리는 소리가 들려왔다. 고마워요 아저씨. 근데, 저는 아저씨를 잘 모르겠어요. 그래? 나는 오랜 날 뒤의 너야! 박하사탕 두어 개 받아먹으러 아침부터 폭설 앞세우고 외할매네 집에 다녀오던 까마득한 오래전 나를 손 흔들어 돌려보냈다.

다시 떼는 발걸음. 논둑길, 밭둑길 억새가 팔을 흔들어 힘을 북돋아주지 않았다면 폭설과 나는 어둑어둑해지는 길에서 다리가 풀렸을지도 모른다. 노모 집에 닿아 장화를 벗어 탈탈 털고 목도리를 푸니, 목을 감고 업히던 소년 생각과 흰 김이 풀풀 풀어져 나왔다. 어디 갔다 인제 오냐, 노모가 묵은지를 넣고 자작자작 볶은 돼지고기에 밥을 두 그릇이나 비우고 마당에 나가 보니 폭설은 그제야 돌아가고 밤하늘엔 흰 별만이 총총했다.

다시 떼는 발걸음.

논둑길, 밭둑길 억새가 팔을 흔들어

힘을 북돋아주지 않았다면

폭설과 나는 어둑어둑해지는 길에서

다리가 풀렸을지도 모른다

보름달과
초승달

어느 애벌레가 뚫고 나갔을까

이 밤에 유일한 저 탈출구,

함께 빠져나갈 그대 뵈지 않는다

박성우, 「보름달」 전문, 『거미』, 창비 2002.

공장에서 돌아와 자전거를 타고 학교에 가고는 했다. 오후 여섯 시에 시작하던 수업은 대략 밤 열 시를 전후해 끝났는데, 한번은 수업을 마친 뒤에 곧장 집으로 가지 않고 운동장 스탠드에 앉아 밤하늘을 올려다본 적이 있다. 아, 밝고 환하다. 그다음 날부터 나는 한동안 야간 수업이 끝나기를 기다렸다가 가장 어둡고 아늑한 스탠드의 가장자리를 차지하고 앉아 달을 쳐다보고는 했다. 그래, 달에 관한 시를 한 편 써야겠어. 조금씩 변해가는 달 모양을 올려다보며 잘 보이지도 않는 글씨를 써댔다. 그러나 어디 시가 그리 쉽게 써지겠는가. 습작 노트는 어느새 눅눅해지고 나는 아예 스탠드 바닥에 드러

눕고 마는 지경에 이르렀다. 아, 잘 안 되네. 겨우 몇 줄을 끄적대거나 단 한 줄도 쓰지 못한 채 자리를 털고 일어나다 보면 자전거 안장에는 이미 이슬이 축축했다.

한 이 주일 그렇게 했을까. 달이 보이지 않는 날에도 운동장 스탠드 한편을 차지하고 앉아 달이 지나가는 길목을 가늠해보며 달에 관한 습작을 멈추지 않았다. 아, 이건 길기만 하지 시 같지도 않네. 나는 무수히 써댔던 시행을 한 줄 한 줄 지워나갔고 그러다 보니 달랑 세 줄만 남았다. 그렇게 해서 얻은 시가 바로 「보름달」이다. 뭐, 그런 애가 다 있지? 그렇듯 운동장 스탠드에 앉아 마치 미치기라도 한 사람처럼 밤하늘을 올려다보던 나를 몇 날 며칠이고 멀찍이서 지켜본 내 또래의 문청이 있었다는 사실을 뒤늦게 알기도 했다. 그래, 그랬었지. 그때 나는, 내가 처한 현실과 마음을 사물에 투영시켜 나가며 상상하는 새로운 즐거움을 얻기도 했다. 사는 일도 연애도 마냥 서툴기만 하던 나는 얼마 후 이런 시를 쓰기도 했다.

어둠 돌돌 말아 청한 저 새우잠,

누굴 못 잊어 야윈 등만 자꾸 움츠리나

욱신거려 견딜 수 없었겠지
오므렸던 그리움의 꼬리 퉁기면
어둠속으로 튀어나가는 물별들,

더러는 베개에 떨어져 젖네

박성우, 「초승달」 전문, 『거미』, 창비 2002.

같이
밥을 먹는
일

학교에서 근무할 때의 일이다. 같이 일하던 우리 학과의 선생님이 큰 수술을 받게 되었다. 다행히 차도가 좋아 곧 학교로 복귀했지만, 당분간은 바깥 음식은 자제하고 식단에 따른 순한 음식을 먹어야 한다고 했다. 오늘부터 저는 이걸 먹을 테니 다들 맛있게 식사하고 오세요. 점심시간이 되자 선생님은 가볍게 웃으며 도시락을 꺼내 보였다. 그럼 연구실에서 혼자 밥을 먹어야 하잖아요. 점심 무렵에 수업이 있거나 특별한 일이 생기는 경우를 제외하고 우리는 매번 오붓하니 점심을 함께해왔다.

그런 선생님을 두고 우리는 가까운 식당에서 점심을 먹으며 비공식 학과 회의를 했다. 외식을 할 수 없는 선생님과 함께 점심을 같이 먹을 방법을 찾아보자는 것. 그다음 날부터 우리 셋도 도시락을 싸기 시작했다. 가족과 떨어져 혼자 지내고 있던 나는 밥만 싸갔는데, 다른 선생님들이 조금씩 더 담아온 반찬을 나누어 먹으며 예전보다 더욱 좋은 시간을 보냈다. 정말 대단한 선생님들이야. 다른 학과 선생님 몇은 다소 의아한 눈으로 우리를 바라보기도 했다.

그 무렵 나는 학교 근방에 얻었던 아파트를 정리하고, 오십여 킬로미터 정도 떨어진 곳에 있는 작업실에서 출퇴근하고 있었다. 이 때문에 틈틈이 키운 상추나 풋고추 같은 걸 가져가 내놓을 수도 있었다. 1학기 종강을 앞둔 무렵엔 작업실 텃밭에 욕심껏 심어두었던 열무가 한창이었다. 이 아까운 걸 다 어쩌지? 교수님, 같이 먹어요! 누구는 고추장을 가져오겠다고 했고 누구는 자취방 밥솥을 들고 오겠다고 했다. 전공과목인 '시 창작 기초' 수업을 종강하던 날, 기말시험을 막 치른 아이들과 나는 열무 비빔밥을 쓱싹쓱싹 만들었다. 그날만큼은 열댓 명의 아이들과 같이 점심을 먹어야 했으므로, 나는 열무 비빔밥 한 그릇을 우리 학과 선생님들이 모여 도시락을 먹는 방에 넣어주는 일로 식사에 동참했다.

이 아까운 걸 다 어쩌지?

교수님, 같이 먹어요!

소나기
걸음으로

이른 아침부터 이장님 방송이 나와 음력 칠월 십오일, 백중이라는 걸 알았다. 아침부터 몰려나온 우리는 예전처럼 길가 무성한 풀부터 말끔히 잡았다. 마을 사람들은 이내 꽹과리, 징, 장구, 북을 쳐대며 풍물판을 벌였고 김영만 전 이장님은 그새 짬을 내어 널찍널찍 고추를 널어두고 왔다.

마을회관 앞 느티나무 아래서 곧 백중 윷판이 벌어졌고 나는 은근슬쩍 집으로 돌아왔다. 마감 넘긴 원고 앞에서 전전긍긍하고 있는데 날이 꾸물거리는가 싶더니 툭 투둑 투두둑 갑자기 비가 치는 소리가 들려왔다. 소나긴가? 문득 김영만 전 이장님이 고추를 널어두던 쪽으로 뛰어가보았다.

아침에 널은 고추는 그 자리 그대로였다. 어, 어쩌지? 무작정 달려들어 널린 고추를 부랴부랴 길옆 비닐하우스 쪽으로 옮겨갔다. 당최 안 쓰던 힘을 쓰려니 숨이 헉헉 몰려오는데 사람들이 마을회관 쪽에서 소나기 걸음으로 뛰어오고 있었다. 맘 편히 술 한잔 험서 쉴라고 혔드만 뭔 쏘내기여, 후다닥 후다닥 왜틀비틀 고추를 걷으러 모여들고 있었다.

눈 가득

고여오던 물

마당 입구에 줄지어 선 샤스타데이지가 활짝 피었다. 빨강 우체통을 둥치 옆에 두고 있는 이팝나무는 오월 셋째 주를 넘기면서 만개했다. 오전 일과를 마친 뒤에 졸음을 몰아낼 겸 마당으로 나가 꽃을 좀 바라보고 있는데, 어디선가 익숙한 걸음이 내 곁으로 다가온다. 왜 이렇게 오랜만이야, 다름 아닌 '오후 세 시의 고양이'다. 몇 달 전부터 서열에 밀려 작업실 마당으로도 들어오지 못하는 고양이. 그 기개와 용맹을 모두 잃고 겁에 질려 안절부절 쩔쩔매는 고양이. 얼른 방으로 들어가 오후 세 시의 고양이가 먹을 먹이를 꺼내온다.

하나둘 늘던 작업실 마당 고양이는 이제 다섯이다. 고급스럽게 개별 포장된 소용량 먹이로는 감당이 되지 않아 지난해 말부터는 대용량 먹이를 사료 가게에서 사다가 먹이고 있다. 내가 작업실을 비우고 서울 집에 올라가야 할 때는 남은 먹이를 윗집의 할머니께 드려 대신 내주시게도 했는데, 내주는 먹이를 다섯이 공평하게 나눠 먹으면 얼마나 좋을까. 노란 털을 가진 네 마리의 고양이는 자기네들끼리 싸우지 않지만, 얼룩무늬를 가진 오후 세 시의 고양이와는 치열하게 영역 다툼을 한다.

어쩌다 이 지경이 되었지? 오후 세 시의 고양이는 이제 내가 곁에서 지켜주지 않으면 불안해서 밥을 먹지도 못한다. 어린 고양이와는 살갑게 지내는 이 구역 서열 일 위인 노랑 고양이가 언제 발톱을 세우고 닥쳐올지 모르기 때문이다. 나는 샤스타데이지와 이팝나무 사이에 먹이를 가득 올린 접시를 놓아주고는 고양이가 맘 놓고 밥을 먹을 수 있게 곁을 지켜준다. 이제는 마르고 쇠해져 먹는 속도조차 한참이나 느려진 고양이. 얼마나 굶었을까, 뭔가 아쉬운 눈빛이어서 먹이 한 접시를 더 내어주고는 햄 한 조각을 추가로 대접한다.

이제는 헤어져야 할 시간. 한데, 이게 무슨 상황인가. 햄을 다 먹을 때까지 기다렸다가 머리를 쓰다듬어주면서 눈을 맞추자니, 오후 세 시의 고양이가 운다. 그렁그렁한 눈빛으로 나를 바라보면서 눈물을 흘린다. 몰려오는 이 애잔함은 뭐지? 고양이 눈 가득 고여오던 물이 넘쳐 내 엄지손가락에 닿는다.

오후 세 시의 고양이가 운다.
그렁그렁한 눈빛으로
나를 바라보면서 눈물을 흘린다

파랑새는 어디에

전주 한옥마을 골목에서 연을 맺은 안봉주 사진작가를 만났다. 박 시인, 이 새가 무슨 새인지 알겠어요? 글쎄요, 모르겠는데요. 내 눈앞에 놓여 있는 사진 속 새는 파란 잉크를 뒤집어쓰고 있는 것 같기도 했고, 쪽물 염색 통에 들어갔다 나온 것 같기도 했다. 이게 파랑새예요. 와, 진짜요. 안봉주 사진작가는 이 파랑새 사진을 찍기 위해 여름 내내 숲에 살다시피 했다고 한다. 몸에 진한 푸른빛을 품고 있는 파랑새. 뒤늦게야 붉은빛 부리와 검은콩 같은 눈동자가 눈에 들어왔다. 오, 날아갈 땐 흰색도 보이네요. 날개깃을 펼치고 비행하는 모습에서는 날개 아래쪽의 흰색 반점이 선명했다.

아, 파랑새. 모리스 마테를링크의 『파랑새』를 만난 건 초등학교 4학년 여름방학 무렵이었을 것이다. 마루에서 뒹굴뒹굴 뒹굴다가 너무 심심해서 집어 들었는지, 독후감 숙제를 하기 위해 어쩔 수 없이 집어 들었는지는 가물가물하지만, 신비로운 눈빛으로 읽었던 기억만큼은 또렷하다. 틸틸과 미틸처럼 나도 파랑새를 찾아 떠나볼까. 나한테도 파랑새가 한 마리 있으면 좋겠다고 막연히 생각했다. 우리 집 가까이에 파랑새가 살고 있을지도 모른다고 여기면서.

아 맞다, 이런 파랑새도 있었지. 1990년대 후반, 「파랑새는 있다」라는 드라마가 방영된 적이 있다. 소박한 삶을 사는 사람들의 소소한 일상과 꿈을 그린 드라마. 그때 나는 왜 굳이 이 주말 드라마를 보려고 했을까. 공중 부양을 꿈꾸던 병달이 역의 이상인도, 쌍절곤을 멋지게 돌리던 절봉이 역의 박남현도 꽤 깊은 인상으로 남아 있다. 약장수 사기꾼 백관장 역의 백윤식 배우의 연기 장면도, 차력사 청풍이 역의 송경철 배우의 연기 장면도 생생하다.

파랑새는 어디에 있는 걸까. 행복은 과연 어디에 있는 걸까. '파랑새 사진'과 『파랑새』와 「파랑새는 있다」가 보여주고 있는 것처럼 파랑새도, 만족과 기쁨의 파랑새도, 이미 내 곁에 와 있지만 여태 발견하지 못하고 있는 것은 아닌지. 박 시인, 이제 파랑새를 알겠지요? 네, 알 수 있을 것 같아요. 안봉주 사진작가의 물음에 대답하면서 나는, 길을 나선다.

파랑새는 어디에 있는 걸까.

행복은 과연 어디에 있는 걸까

시를 쓰기

전에는

손을

씻는다

시인이 되려면

새벽하늘의 견명성(見明星)같이

밤에도 자지 않는 새같이

잘 때에도 눈뜨고 자는 물고기같이

몸 안에 얼음세포를 가진 나무같이

첫 꽃을 피우려고 25년 기다리는 사막만년청풀같이

1kg의 꿀을 위해 560만 송이의 꽃을 찾아가는 벌같이

성충이 되려고 25번 허물 벗는 하루살이같이

얼음구멍을 찾는 돌고래같이

하루에도 70만번씩 철썩이는 파도같이

제 스스로를 부르며 울어야 한다

자신이 가장 쓸쓸하고 가난하고 높고 외로울 때*

시인이 되는 것이다

* 백석의 시 「흰 바람벽이 있어」 중에서.

천양희, 「시인이 되려면」 전문, 『너무 많은 입』 창비 2005.

게으름이 지나치다 싶을 때 꺼내보는 시다. 엄살이 늘어갈 적에 꺼내 또박또박 소리 내어 읽어가며 마음을 다잡는 시. 노고 없이 얻어지는 것이 이 세상에 있을까. 무엇인가가 되고 싶어 하는 사람에게 이 시를 보여주며 '시인'이 들어가는 자리에 자신이 되고 싶은 그 어떤 것을 넣어 읽어보라고 이따금 권해주기도 하는 시.

아직 문단의 애송이였던 시절, 운이 좋게도 나는 천양희 시인과 대담을 한 적이 있다. 전주에서 고속버스를 타고 올랐다가 대학로 마로니에 공원으로 갔던가. 시인은 나를 반갑고 환하게 맞이해주었다. 뭐부터 여쭈어야 할지 모르겠어요, 선생님. 풋내기인 내가 준비한 질문들은 형편없었을 테지만 시인은 하나하나 진지하게 성심성의껏 대답해주었다. 대담과는 별도로 내게 따뜻한 말도 많이 해주었는데, 오랜 시간이 지난 지금도 여전히 따스하고 포근하다. 그런 시인한테서 내가 배워온 것은 단연 시를 대하는 자세와 삶을 대하는 자세다.

대담이 끝나갈 무렵이었다. 별생각 없이 나는 시 쓰는 습관 같은 것을 여쭈었다. 아침마다 절 세 번 하고 『반야심경』 읽고 기도를 하는 것으로 하루를 연다는 시인은, 시를 쓰기 전에는 꼭 손을 씻는다는 말을 들려주었다. 집으로 돌아오는 길에 나는 '자신이 몸을 낮출 때는 걸레를 들고 바닥을 닦을 때와 절을 할 때인데 시를 쓸 때도 의자에 오르지 않고 교자상 앞에 앉는다'는 시인의 모습을 가만가만 떠올려보았다. 그때 이후로 나는 몸과 마음을 단정하게 하기 전에는 책상 앞에 앉지 않는다. 그리고 가끔 질문한다. 나는 지금, 얼마나 끙끙거리고 있는가.

내 유년의

초등학교

유년의 가을에 말던 햇볕 냄새가 나서 내가 다니던 초등학교에 가보았다. 오래전 내가 공부를 하던 교실 안쪽을 들여다보다가 말라깽이이던 나를 좋아하던 여자아이가 치는 풍금 소리를 창가에 서서 들어보았다. 속으로는 나도 어지간히 좋아했던 여자아이가 종종 앉아 있던 은행나무 벤치에 앉아, 나는 운동장의 투명한 가을볕을 내려다보았다. 나도 니가 좋긴 헌디 니네 집은 엄청 잘 살잖여, 운동장 흙을 발로 툭툭 치면서 집으로 가던 오래전 내 뒷모습을 더듬어보았다.

교문을 막 빠져나가고 있는 오래전 나를 불러 세워볼까? 아니야, 그냥 두는 게 좋겠어. 나는 오래전 내가 능다리재를 넘어 집으로 돌아가는 것을 우두커니 바라보았다. 그러고는 소년이던 내가 자주 머물러 놀곤 하던 운동장가의 늙은 벚나무 아래로 걸음을 옮겨보았다. 아 맞다, 여기에 그네가 있었지. 늙은 벚나무 앞에서 흔들흔들 삐걱대던 그네는 흔적도 없이 사라졌지만, 놀랍게도 학교가 끝난 뒤에 함께 그네를 타곤 했던 그 여자아이의 웃음소리가 맑고 유쾌하게 들려왔다. 아, 말라깽이 소년이던 내가 곁에 있었다면 수줍어했을지도 모르지만, 지금의 나는 멀찌감치 떨어진 곳으로 걸음을 떼며 가벼운 미소나 지어본다.

속으로는 나도 어지간히 좋아했던 여자아이가
종종 앉아 있던 은행나무 벤치에 앉아,
나는 운동장의 투명한 가을볕을 내려다보았다

시인은
거기에
있었다

때로 나는 망설임이 없다. 어느 날인가 문득, 시인의 유년을 더듬어보고 싶어져서 무작정 구례 쪽으로 핸들을 꺾었다. 주소도 없이 시에 나오는 지명 몇 개를 되뇌며 무모하게 나섰던 길. 시인이 보고 자란 들판을 걸어보고 싶었고 시인이 건넜을 개울을 건너보고 싶었다. 가능하다면 이시영 시인이 나고 자란 집도 찾아보리라. 일단 나는 마을회관 앞에 당도했다. 시에 나오는 시인의 육촌 동생 이웅식을 물어물어 찾았다. 삼십 년 넘게 이장을 봤다는 육촌 동생과 어찌어찌 통화가 되었지만, 그는 먼 곳에서 일을 보고 있는 중이라고 했다. 서둘러 전화를 끊으면서 나는 '되얐다' 싶었다. 내가 찾은 곳이 이시영 시인의 고향 마을이라는 걸 확인했으니.

시인의 마을엔 보리가 한창 익어가고 있었다. 흙담 골목에 들어 마을을 둘러보고는 정자나무 아래에 서서 들판을 오래 바라보았다. 곧 모내기를 하겠구나. 그새 써레질이 된 논에는 물이 남실남실 들고 있었다. 버스 정류장에도 나가 보고 들판을 가로질러 강가에 나가 강둑길을 걸어보기도 했다. '들가운데'가 여기쯤인가? '가름쟁이' 지름길은 내나 논둑길 같은 거였겠지? 들판 농로 가운데에 서서 아직 경지 정리가 되기 전의 풍경을 그려보고 있을 때였다. 스쿠터 한 대가 마을 쪽에서 오고 있었다. 어정쩡 손을 들어 오토바이를 세운 나는 이시영 시인을 아느냐고 멋쩍게 물었다. 한데 뜻밖에도 내가 시영이 친구여,라는 대답이 돌아왔다.

이시영 시인이 살던 집을 좀 볼 수 있을까요? 골목으로 들어선 오토바이가 멈춰 선 곳은 마당 앞에 우물을 두고 있는 돌담집이었다. 얼른 메모 수첩을 꺼낸 나는, 지금은 서울 마포에서 시를 쓰며 살고 있는 시인의 이름 옆에 '전남 구례군 마산면 사도리 하사마을'이라고 쓰고 그 옆에 지번을 적었다. '뒤로는 지리산 앞으로는 섬진강, 집 마당 앞에는 우물'이라는 짧은 메모와 함께. 그러고는 돌담 아래에 있는 우물 안을 들여다보았다. 물은 바닥이 훤히 보일 만큼 맑고 투명했다. 돌담 안의 집은 새로 지어진 집이었고 이미 다른 사람이 살고 있었다. 나는 정중히 양해를 구하고 집 둘레를 둘러보며 예전에 어느 책에선가 보았던 사진 한 장을 떠올렸다. 1980년대 초, 시인이 고향 집 마당에서 찍었다던 사진. 검은 뿔테 안경을 쓰고 암소와 송아지 앞에 서 있던 사진. 수북이 쌓인 지푸라기 위로 새로 베어온 싱싱한 풀이 부려져 있고, 돌담을 타고 오른 호박 줄기와 돌담 안쪽 감나무 잎이 무성하게 푸르던 사진. 문득 나는, 시인이 서 있던 쪽을 바라보았다. 시인은 거기에 없었지만 시인은 분명 거기에 있었다.

녹색어머니회

녹색어머니회 모자를 쓴다. 녹색어머니회 노란 조끼도 입는다. 호루라기 한번 불어볼까, 녹색어머니회 깃발을 들고 딸애와 함께 서둘러 학교로 간다. 여기가 아빠 자리야. 창피하게 하지 말고 잘해! 학교 정문 앞쪽에서 내 자리를 알려준 딸애는 교문 안으로 뛰어 들어가더니 홱 뒤돌아서서 손을 흔들어댄다.

안녕하세요, 인사하고 가는 저학년 아이들은 예쁘고 씩씩하다. 엄마 손을 잡고 등원하는 병설유치원 아이들은 마냥 귀엽다. 삼삼오오 짝지어 오는 고학년 아이들의 걸음엔 여유가 있다. 얼마나 애쓰세요, 처음 뵈는 딸애 담임 선생님과 얼결에 다정한 인사를 나눈다.

엄마는 바쁘잖아! 딸애는 처음부터 엄마가 아닌 나한테 녹색어머니회를 하라고 했다. 아빠, 자꾸 장난칠 거야? 깃발을 그렇게 막 흔들면 어떡해. 녹색어머니회 엄마들이 하던 걸 아침마다 봤을 딸애한테서 길고 진지한 사전 교육을 받았다.

학교 정문 앞쪽에서 보면 큰 건널목이 보인다. 신경 쓸 일이 가장 많을 큰 건널목에는 경찰관님과 학교 보안관님도 나와 있다. 내가 서 있는 자리는 비교적 쉬운 자리인가? 드디어, 서툰 등교 임무를 마친다. 아래쪽 건널목 담당 녹색어머니회와 세탁소 삼거리 담당 녹색어머니회 엄마들과 뒤늦은 인사를 나눈다. 생애 처음, 교장 선생님께 칭찬까지 받으며 집으로 간다.

여기가 아빠 자리야.

창피하게 하지 말고 잘해!

잠깐의
물빛
여행

지하철 2호선을 타고 당산에서 합정을 지날 때면 마치 여행이라도 온 것처럼 마음이 설렌다. 지하가 아닌 지상으로 올라오는 것만으로도 속이 트이는 것 같은데, 유유히 흐르는 강물이라니! 물결 위에 점점이 떠 있는 물오리가 보이거나, 제법 맑고 푸른 하늘까지 합류해 있는 날은 더할 나위 없이 좋다. 흐린 강물에 흐릿한 하늘이면 또 어떤가. 밤섬이 보이는 한강도 최상이고 선유도가 보이는 한강도 최상이다. 지하철 1호선을 타고 가다가 신도림역에서 내려 환승을 하곤 하는 나는 2호선에 오를 때부터 출입문 근처에 서 있다가 슬몃슬몃 창가 쪽으로 다가선다. 설령, 자리가 나온다 해도 앉지 않고 서서 내가 타고 가는 지하철이 당산에서 합정을 지나는 구간에 이르기를 기다린다. 오늘은 바람이 어느 쪽으로 부나, 고개를 창에 대고 물결의 방향을 가늠해보며 잠깐의 한강을 누린다.

몇 번인가 나는 시를 쓰고 책을 만드는 후배와 같이 망원역 근처의 한강변을 걸은 적이 있다. 하여튼, 형. 이번 원고도 꼭 우리한테 줘야 해. 알았어, 열두 시까지 갈게. 순대국밥 한 그릇씩을 얼른 비운 뒤에 망원한강공원으로 가서 강물 냄새를 맡고 돌아오던 점심시간은 그새 그리워지는가.

형, 이 꽃은 이름이 뭐야? 강변에 피어 있는 야생화를 보고 이름을 물어보곤 하던 후배에게 나는 생각나는 아무 이름이나 대충 불러주고는 했는데, 그 후배는 내가 아무렇게나 말해주는 꽃 이름을 들으며 연신 감탄을 하고는 해서, 내심 미안하지 않을 수 없었다. 후배는 이십여 년간 몸담고 있던 출판사를 떠났고 나는 그 후배가 알려주던 대로 지하철 5호선을 타고 여의나루역으로 가서 서강대교를 건너본 적이 있다. 강가의 버드나무가 연두에서 초록으로 가던 몇 해 전 늦봄, 강변의 연둣빛과 초록빛은 강물의 푸른빛과도 도심의 회색빛과도 잘 어울렸다. 아, 이걸 보라고 여기를 걸어보라고 했군. 서강대교 위에서 내려다보는 한강의 밤섬은 눈을 뗄 수 없을 만큼 신비로웠다.

망원에서의 출간 미팅을 마치고 집으로 갈 적이면 종종 합정역까지 걸어가 지하철을 타고 가고는 한다. 아, 역시 다가오기 시작하는군. 합정역이 가까워질수록 강물 냄새는 점점

짙어져온다. 아, 좋아. 강변 마을에서 오래 살아온 나로서는 강바람을 타고 다가오는 물 냄새를 직감적으로 맡을 수가 있고, 그 강물 냄새를 맡으며 걸음을 떼다 보면 문득문득 아랫녘 강 마을과 그곳 사람들의 안부도 궁금해진다. 좀 쉬었다 갈까, 역시나 나는 지하철 2호선을 타고 합정에서 당산 쪽으로 갈 적에도 출입문 근처에 서서 창밖 물결을 내려다본다. 가면서 보았던 물빛을 오면서도 보면서, 짧은 여행을 마치고 돌아가는 사람처럼 기분 좋게 아득해진다.

달팽이와
눈 맑은
청년

어떤 사람을 떠올리다 보면 탁했던 마음이 맑아지는 느낌이 온다. 내게는 '치릴로'라는 세례명을 가진 청년, 최석현을 생각해볼 때가 그렇다. 그 청년을 처음으로 만난 건 2013년 초여름이었다. 전북 지역에 '아름다운 순례길'이 있다는 걸 알게 된 뒤 쭈뼛쭈뼛 나갔던 자리. 오십여 명의 순례자들을 '꼭두'라 불리는 사람들이 안내했는데 빨간 봉을 들고 있던 그 청년이 단연 눈에 들어왔다.

기독교, 불교, 천주교, 원불교 같은 종교의 정신과 역사, 문화를 모두 만날 수 있는 아름다운 순롓길은 대략 이백사십여 킬로미터이고 아홉 개 코스로 나뉘어 있다. 전주 전동성당에 모인 우리는 첫 코스의 목적지인 완주의 송광사를 향해 걸었다. 대략 이십팔 킬로미터 정도 되는 길. 그 청년은 자동차가 다니는 큰길에서 우리의 안전을 능숙하게 확보했고, 좁고 가파른 고갯길에서는 뒤처진 사람들을 다정히 챙겼다. 힘들어하는 사람에게 자신의 스틱을 건네주는가 하면, 지친 사람의 가방을 대신 메고 걸었다. 자, 작가님. 어, 얼음물, 드세요. 그는 나를 작가님이라 부르고 나는 그를 석현 님이라 부르기 시작했는데, 기운이 빠진 내게로 선뜻 다가와 자신의 물을 내주기도 했다. 물고기나 고양이, 강아지와도 대화할 수 있다는 한없이 순하고 맑은 청년.

석현 님, 그간 잘 지내셨죠. 한 달쯤 뒤인 칠월에 우리는 다시 만났다. 일곱 번째 코스인 김제 금산사에서 수류성당까지 걷는 길. 전날까지 비가 내린 탓에 길은 제법 미끄러웠고 아침엔 안개가 자욱했다. 곧 땡볕이 시작되었는데, 달맞이꽃은 오므리고 있던 입을 마저 다물었고 우리는 자꾸 벌어지는 입을 어찌하지 못한 채 헉헉거렸다.

원평장터에서 수류성당으로 가는 시멘트 둑길을 걷고 있을 때였다. 어젯밤 늦게까지 비가 와서 그런가? 길 위로 달팽이가 제법 나와 있었다. 혹시라도 누군가 달팽이를 밟을지도 모를 일이었으나, 동물과 이야기를 나누기도 한다는 눈 맑은 청년이 길 밖으로 달팽이를 치워주며 걷기 시작했다. 대열의 맨 뒤에서 처진 사람들을 챙기던 석현 님은 어느새 맨 앞쪽으로 이동해 있었는데, 그건 순전히 달팽이의 안전을 책임져주기 위해서였다. 어느 맑은 동화의 주인공을 보고 있는 것 같은 느낌이랄까, 나는 자꾸 기분이 좋아졌다. 자, 작가님. 히, 힘드시죠. 이거, 드세요! 내가 수류성당에 막 도착했을 때 석현 님은 이미 당도해 있었는데 내게 크고 빨간 산딸기 하나를 내밀었다.

노닥노닥

오래된

골목을

정읍 수성동 구미벽화마을 골목을 걸어본다. 오선지와 음표가 그려진 계단을 따라 걸음을 떼다 보니 유년 시절의 음악 시간에 불렀던 동요가 들려온다. 하얀 건반과 검은 건반이 그려진 벽에서는 맑은 피아노 소리가 투명한 햇살과 함께 경쾌하게 튕겨 오른다. 와, 예쁘다. 구절초가 그려진 우체통을 열면 누군가 보낸 구절초 엽서가 와 있을 것만 같다.

방앗간, 떡집, 대장간, 철물점, 주단집, 신발집, 한복집, 젓갈가게, 생선가게, 과일가게, 팥죽집, 무형문화재악기장이 만든 악기까지 있는 시장. 나는 기꺼이 걸음을 보태고 앞장서주는 방경은 선생과 함께 샘고을 시장 제3문으로 들어가 제10문으로 나온다. 와, 이렇게 독특한 건물이 있었어요? 중앙2길의 옛 정읍경찰관사를 오래 바라본다. 태평7길에서 만난 고즈넉한 노휴재에 오래오래 머물러본다. 볼수록 아기자기하네. 새암로와 태평로와 쌍화차거리를 걷고, 우암로와 초산로 골목을 이어 걷는다.

한동안 흥했을 것이나 이제는 근력이 떨어진 골목. 지금은 사라진 광교다리와 근래에 문을 닫았다는 광교집을 오래 바라본다. 늙은 향나무가 몸을 틀어 올리고 있는 골목을 오가며 옹기종기 모여 있는 한옥들을 뒤꿈치 들어 바라보다가 바느질 가게의 아기자기한 소품들을 품어보며 걷는다. 돌담이었다가 붉은 벽돌을 덧댄 담이었다가 지금은 시멘트까지 보태진 오래된 담을 보면서 느릿느릿 걸음을 뗀다.

시끌벅적했을 아이들의 목소리는 다 어디로 갔을까. 한때 흥성흥성했을 골목을 따라 노닥노닥 걷다 보니 온전히 붉은 벽돌로 지어진 건물이 나오고 그 곁으로 오래된 한옥이 보인다. 와, 대청마루 한번 넓다. 구들장이 깔려 있을 방에서 느긋한 하룻밤을 보내고 가면 몸이 가뿐해지고 머리가 한껏 맑아지기만 하겠다.

시끌벅적했을

아이들의 목소리는

다 어디로 갔을까

정읍 김정자,
봉화 김정자

어버이날을 앞두고 우리는 장인, 장모님을 모시고 어린이날 연휴를 이용해 단양으로 향했다. 장인어른이 중학교에 다니던 시절, 단양으로 수학여행을 가지 못했던 걸 아쉬워하던 차에 떠난 길. 마음이 들뜬 우리는 단양에 닿기도 전부터 도담삼봉, 석문, 구담봉, 옥순봉, 상선암, 중선암, 하선암, 사인암 같은 이름을 불러냈고, 딸애와 아내는 단양팔경의 이름을 신나게 외우기도 했다. 단양에 닿은 장인어른은 도담삼봉을 오래 바라보며 깊은 생각에 잠긴 듯한 모습을 보이기도 하셨다. 우리는 선착장에서 유람선을 타고 나가 구담봉과 옥순봉이 있는 남한강 주변 풍경을 둘러봤다.

단양에서 하룻밤을 묵은 우리는 아침 일찍 일어나 아내의 고향인 봉화로 갔다. 장인, 장모님도 오래전에 떠나와 이제는 발길이 뜸해진 경북 봉화군 춘양면. 큰집에 먼저 들러 인사를 드리고 나와서는 선친의 묘 앞에서 예를 갖췄다. 여기서 거리가 얼마나 되지요? 우리는 아내가 태어났다던 소천면 골짜기로 가보았는데, 집이 있던 자리는 몇 장의 벽돌만이 흔적으로 남아 있었고, 마늘 농사를 주로 지었다던 집 앞의 밭은 먼 친척이 인삼을 심어두고 있었다. 박 서방, 거기도 한번 들렀다 가세나. 장인, 장모님이 자주 이용했다던 임기역은 아담하고 아련해서 우리는 그곳을 배경으로 여러 장의 사진을 찍었다.

이제는 내 어머니인 김정자와 내 장모님인 김정자가 만날 차례. 정읍 골짝에서 태어나 정읍 골짝으로 시집간 김정자와 봉화 골짝에서 태어나 봉화 골짝으로 시집간 김정자를 만나게 할 차례. 혼자 자지 않아도 되는 김정자는 혼자 자는 김정자를 위해 내 장인님을 혼자 자게 하고는 혼자 자는 김정자 방으로 슬며시 건너가겠지? '근당게요'와 '그려이껴'를 주고받으며 도란도란 얘기를 나누다가 나란히, 곤한 잠에 빠지겠지? 정읍 시골집에 도착하니 마침맞은 밤이다.

'근당게요'와 '그려이껴'를 주고받으며

도란도란 얘기를 나누다가

나란히, 곤한 잠에 빠지겠지?

만리장성보다

굉장한

딸애는 기내식을 꼭 먹어보고 싶다고 했다. 아내와 나는 딸애를 데리고 북경행 비행기를 탔다. 나름 괜찮지? 우아한 자세로 기내식을 먹던 딸애는 주스를 마시며 흡족해했다.

아내와 나는 딸애에게 자금성과 만리장성을 보여주고 싶었다. 거대한 규모에 깜짝 놀라겠지? 하지만 딸애는 무더위에 놀라고 있었다. 왜 하필 가장 찌는 여름날에 움직였을까. 벌써 지친 우리 일행은 가이드를 따라 북경 천안문 광장으로 걸어 들어갔다. 광장은 넓었고 사람들은 북적였다. 햇볕은 대단했고 열기는 기막혔다. 중간에 멈춰선 가이드는 무어라 무어라 진지한 설명을 했지만, 그의 입에서 나온 말은 곧 흐물흐물 녹아내려 우리의 귀까지 들어오지는 못했다.

다시 막, 걸음을 떼어 출발할 때였다. 아들이 어머니 등에 대고 부채를 부치며 걷고 있는 모습이 보였고, 아들 뒤에서는 그의 아버지가 아들 등에 대고 부채를 부치며 걷고 있었다. 나는 얼른 딸애와 아내에게 그걸 보라고 손짓했다. 엄마, 아빠, 잠깐만, 어때 시원하지? 아내와 나는 굳이 딸애에게 자금성과 만리장성을 보여주지 않아도 되겠다 싶었다.

비는

왜 이렇게

자주

초등학교 4학년 초겨울 아침, 기대했던 눈은 오지 않고 비가 내렸다. 여느 때처럼 나는 어머니가 꽁꽁 묶어주는 비닐 조각을 둘러쓰고 집을 나섰다. 우산을 쓰고 학교에 가는 아이들이 그렇게 부러울 수가 있을까. 중학교에 들어간 셋째 누나와 바로 위의 형은 막내를 챙겨 재를 먼저 넘어갔고 나는 처진 걸음으로 뒤를 따랐다.

아버지는 그해도 가을걷이를 끝내자마자 먼 타관으로 일을 하러 갔다. 그렇게 하지 않으면 빚도 끄지 못하고 우리가 학교에 가는 것도 힘들 거라고 누나가 알려줬다. 어머니 혼자 챙겨야 할 자식이 여섯이나 되었지만, 우리 집은 변변찮은 우산 몇 개조차 가지고 있지 못할 정도로 형편이 어려웠다.

아, 비는 왜 이렇게 자주 오는 게지. 비바람에 비닐은 자주 뒤집혔고 나는 거대한 고드름이 되어갔다. 그렇게 비닐 조각을 뒤집어쓰고 학교에 거의 다다랐을 때였다. 엄마와 나란히 우산을 쓰고 다정하게 등교를 하던 아이 하나가 나를 보고 키득거리는 게 역력했다. 엄마, 꼭 메뚜기 같아. 나는 단방에 방향을 틀어 왔던 길로 내쳐 달렸다. 머리가 너무 아파서 그냥 돌아왔다고 해야지. 나는 이불 속으로 파고들어 손바닥으로 이마를 때려댔다.

니가 왜 여기에 있냐, 막 잠이 들려는 차에 바깥일을 보러 나갔던 어머니가 돌아오셨다. 놀란 목소리로 나를 부르며 방으로 들어온 어머니는 예상 밖으로 차분하고 다정했다. 양말을 새로 내주시는가 싶더니 옷장 깊은 곳에서 새 내복도 꺼내주셨다. 그러고는 이장님 댁에 전화를 걸러 간다며 나갔다. 얼른 가방 메거라, 어디선가 우산까지 빌려오신 어머니는 나를 데리고 마을회관 앞으로 갔고 곧 택시 한 대가 흙탕물을 튀기며 동네로 들어왔다. 우리 면내에는 아예 없고 인근 면에만 한두 대 있을까 말까 한 그 귀한 택시를 부르시다니. 그날 이후로 나는 학교에 늦거나 빠지는 일이 없었다.

아, 비는 왜 이렇게 자주 오는 게지.
비바람에 비닐은 자주 뒤집혔고
나는 거대한 고드름이 되어갔다

어쩌다
기술자

컨테이너 구조로 된 작업실은 금세 차가워지고 뜨거워진다. 한겨울에는 추위가 대못처럼 파고들고 한여름에는 더위가 물엿처럼 들러붙는다. 하여 지난해 초겨울, 하던 글 작업을 멈추고는 해야 할 숙제를 챙겨 철수했다. 봄이 되어 다시 약간의 먹을거리와 밀린 일거리를 챙겨 시골 작업실로 스며들었다. 여덟 평을 가까스로 넘기는 공간이나 새소리와 풀냄새와 강물 냄새와 깊은 밤의 고요가 넓어 그리 좁게 느껴지지만은 않는 집. 세로 삼 미터, 가로 구 미터 안쪽에 방과 거실이 나름 따로 있고 싱크대 한 칸이 마침맞게 들어가는 주방이며 혼자 쓰기에는 충분한 화장실도 있어 크게 불편할 게 없는 집.

겨울을 나고 집 마당에 들어 처음으로 하는 일은 대체로 동파 방지를 위해 잠가두었던 수도 계량기를 여는 일이다. 마당 입구에 있는 계량기함 뚜껑을 열고 구깃구깃 욱여넣었던 옷가지들을 꺼내니 일가를 이뤄 살고 있던 쥐며느리들이 순식간에 흩어진다. 급수 장치를 열어 집 안으로 물을 들이고 싱크대며 변기에서 물이 새지 않는지를 살피는데, 세면대 아래쪽에서 물방울이 뚝뚝 떨어지고 있다. 가만히 살펴보니 세면대와 연결된 호스가 터진 모양이다. 집을 오래 비워두었던 것을 생각하면 이 정도는 양호한 편. 몇 해 전에는 한파를 견디지 못한 좌변기가 두 갈래로 갈라진 적도 있다.

인근의 면 소재지에 있는 철물점으로 가서 세면대용 밸브와 멍키스패너를 사온다. 세면대 앞에 몸을 구부리고 앉아 수도꼭지와 수도관 사이에 있는 헌 밸브를 떼어내고 새로 사온 밸브를 연결한다. 한 번 더 힘을 주어 스패너로 너트를 단단히 조이고 잠가두었던 세면대 아래쪽 급수 장치를 열어본다. 기적적으로 물이 새지 않는다. 아, 내가 수도를 고치다니! 이럴 때의 쾌감은 말할 수 없을 만큼 큰데, 최고의 기술자가 되기라도 한 것처럼 어깨가 으쓱해진다.

아, 내가 수도를 고치다니!

봄 산,

괜찮아

아내와 딸과 함께 뒷산에 올랐다. 김밥 두어 줄 싸서 담고 약수를 받아 올 물병도 하나 따로 챙겼다. 산에는 생각보다 이르게 생강나무꽃이 피어 있었고, 진달래 꽃봉오리도 여기저기서 환히 열리고 있었다. 봄 가뭄이 심했지만, 아직 약수 물줄기가 끊어지지 않아 챙겨갔던 빈 물병을 꺼냈다. 똑똑 떨어지는 물소리. 우리는 느긋하게 김밥을 먹었다.

산 중턱 약수터를 벗어나고 있을 때였다. 근처에 조성된 인공 연못이 바짝 말라가고 있는 게 보였다. 연못 중심에 자리하지 못한 개구리알은 이미 물기도 없는 무수한 점이 되어 바닥에 붙어 있었고, 연못 가운데에서는 몸을 반쯤 드러낸 버들치 무리가 입을 뻐끔대고 있었다. 우리는 가방에서 비닐봉지를 찾아 꺼내 약수를 채우고는 양손으로 버들치를 떠서 옮겼다. 아직 말라붙지 않은 개구리알을 분주히 찾고 있는데, 내 옆에서 비닐봉지를 들고 있던 아내가 놀란 목소리로 말했다. 괜찮아? 뛰지 말랬잖아. 물병에 약수를 더 받으러 갔던 딸애가 넘어졌다 일어나며 대답했다. 응, 괜찮아.

우리는 계곡물을 찾아 급히 산 아래로 갔다. 아래쪽 계곡에는 적지 않은 물을 품고 있는 물웅덩이가 있었다. 우리는 그곳에 버들치와 개구리알을 풀어주고 도란도란 집으로 갔다. 괜찮아? 응, 괜찮아. 딸애의 바지를 걷어 올리고 까인 무릎에 연고를 발라주었다.

4부

앵두나무 같은 사람

두부

아직 날이 어두운 새벽에 트럭을 몰고 두부를 떼러 갔다. 도소매 납품용 두부를 분주하게 찍어내는 두부 공장 한편에서 크고 두툼한 모양으로 따로 만들어지던 두부. 오늘은 스무 판만 주세요. 군대를 막 제대한 친구와 나는 갓 만들어진 두부를 떼어 전북과 충남 일대의 오일장을 돌았다. 시장 근처 큰길가에 트럭을 세운 뒤 손수레에 두부 판을 옮겨 싣고 시장 골목으로 들어가 두부를 팔았다. 여긴, 얼마지요. 우리가 장에 도착해 자리를 잡으면 어김없이 수첩을 들고 있거나 돈주머니를 찬 시장 자치 관리인이 나타났고, 그 사람에게 소위 자릿세를 내고 나면 장사를 시작할 수 있었다. 와, 김 올라오는 거 좀 봐. 친구와 나는 장을 보러 나온 사람들이 시장 골목 안쪽으로 들어온다 싶으면 아직 간수를 빼지 않은 두부를 덮은 비닐을 걷어내며 시선을 끌어당겼다. 따끈따끈한 두부 있어요, 신김치 척척 걸쳐 먹는 두부 있어요! 큰 소리로 외쳐대며 아직 자르지 않은 두부 위에 칼을 올리고 대충 감을 잡아가며 가로로 두 번, 세로로 두 번 그어, 두부 한 판당 아홉 모의 두부를 만들었다. 와, 오늘은 다 나갔네. 친구와 나는 원래이 일을 하던 조 사장이라는 사람으로부터 트럭을 빌리고 오일장 표를 넘겨받아 돌아다니며 두부를 팔았는데, 4일, 9일에 장이 서던 진안 장날이 가장 장사가 잘되었던 것으로 기억한다.

두부는 금방 쉬는 음식이라 되도록 빨리 팔아야 했다. 하지만 어디 장사가 잘되는 날만 있겠는가. 두부가 몇 판씩 남는 날이 많았고 그때마다 우리는 그만큼의 손해를 봐야 했다. 더러는 친구와 내가 팔지 못한 두부를 결혼한 지 얼마 되지 않던 셋째 누나가 가져가 주위 사람들과 나눠 먹기도 했는데, 우리가 져야 할 부담을 누나가 대신 떠안는 셈이었다. 두부가 한참이나 남아 다른 시장으로 자리를 옮겨 팔다가 오던 저녁이었을 것이다. 성우야, 눈 좀 붙이고 있어. 운전대를 잡고 있던 친구가 깜빡 조는 바람에 그만 앞차를 들이받고 말았다. 다행히 큰 사고는 아니었고 앞차의 운전자인 중년의 사내도 크고 너그러운 마음으로 우리를 보내줬지만, 친구와 내가 타고 있던 트럭의 앞 범퍼는 이미 찌그러진 채로 덜렁댔다. 우리는 그간 모았던 돈을 털어 트럭을 고친 뒤 원래 주인에게 넘겼고, 두부 장수도 그날부로 그만두었는데, 생각하고 말 것도 없이 지난한 날들이다. 고생 많았다, 친구야. 음식을 가려 먹는 편이 아닌 내가 오랫동안 잘 먹지 않은 두 가지가 있었다. 하나는 유년의 겨울마다 먹을 만큼 먹고 군고구마를 팔던 한때에도 물리게 먹어대던 고구마이고, 또 하나는 바로 두부다. 다행히 이제는 따로 가리지 않고 두루 잘 먹지만, 그런 시절이 있었다.

청보라

도라지꽃

초저녁 별과 초저녁 달을 보고 들어온 지 얼마나 되었다고, 마당은 또 나를 부른다. 못 이기는 척 나가 보니, 아닌 게 아니라 소쩍새 소리 들을 만하다. 짝을 찾는 고라니 소리 애잔하고 안타깝다. 말똥말똥 눈을 뜬 별들이 바짝 내려와 반짝, 반기니 반갑다. 우리 집 지나는 달을 잡고 노닥노닥 노닥거릴 만하다. 은방울꽃이 피었다고 옥잠화가 한창이라고 빗소리가 아깝다고 아침 안개가 아쉽다고 물까치가 왔다고 바람이 좋다고 산국이 진다고 싸락눈이 친다고 함박눈이 내린다고 봄, 여름, 가을, 겨울 할 것 없이 아무 때나 나를 불러내곤 하는 마당, 오늘은 바람도 좋다.

지난 초가을이었다. 내가 한 달 가까이 집을 비웠을 때, 어찌 된 일인지 마당도 집을 비우고 없었다. 마당이 있던 자리에는 풀이 몰려와 살고 있었는데, 내가 무성한 풀을 잡고 잔디를 깎아내자 어느 결엔가 마당이 돌아와 있었다. 어떻게 지내? 오래만이야! 아무 일도 없던 것처럼 마당은 부지런을 떨면서 스무 가마니도 넘는 초가을 볕을 차곡차곡 쌓아댔다. 그렇다. 거기가 마당이든 골목이든 도심이든 사람이 살아 반짝이지 않으면 어둑어둑 공허하고 침울한 공간이 되고 만다. 너와 내가 꿈틀꿈틀, 살아 움직이지 않으면!

딸, 딸은 무슨 색깔이 좋아? 응, 청보라. 청보라는 '새벽에 별이 깔려 있는 색깔'이라 좋아! 지난 겨울밤, 나는 물었고 딸애는 대답했다. 도라지꽃을 보여줘야겠다고 생각하던 밤이 떠올라, 나는 칠월 도라지꽃밭으로 딸애를 데리고 갔다. 봐, 도라지꽃에도 청보라가 있지? 도라지꽃 꽃말은 '영원한 사랑'이래. 와 예쁘다, 정말 청보라네. 아빠, 근데 사랑은 원래부터 영원한 거 아니야? 나는 청보랏빛 도라지꽃을 너에게 보여줬을 뿐인데 너는 청보랏빛 별에 닿기도 하고 청보랏빛 별 전구를 켜기도 하겠지. 그러다가는 또, 새벽하늘에 청보라 도라지꽃을 끝없이 피워두기도 하겠지. 그래, 사랑이란 원래부터 끝이 없어야 할 테니까.

잠이 멀어진 늦여름 새벽, 청보랏빛 별밭 마당에 돗자리 깔고 누워 '새벽에 별이 깔려 있는 색깔'을 올려다본다. 청보라 도라지꽃 같은 말을 떠올려보다가 청보라 도라지꽃 꽃말 같은 사랑을, 청보라 도라지꽃 꽃말 같은 내일을, 깜빡거려본다.

나는 청보랏빛 도라지꽃을
너에게 보여줬을 뿐인데
너는 청보랏빛 별에 닿기도 하고
청보랏빛 별 전구를 켜기도 하겠지

어떻게
알긴

우시몬 할아버지와 도민고 할아버지는 내가 이십 대 초반에 소록도에서 연을 맺은 할아버지다. 소록도에 닿으면 이앙즈요셉 수녀님과 함께 우시몬 할아버지와 도민고 할아버지를 뵈러 가곤 했는데 두 분이 얼마나 반가워했는지 모른다.

내가 따르던 두 할아버지는 앞을 전혀 보지 못하는 분이셨지만, 내가 일 년 만에 찾아뵙든 일 년을 훌쩍 넘겨 찾아뵙든 인사하는 내 목소리만 듣고도 단박에 나를 알아보시고는 했다. 우리는 주로 성당 앞 벤치에 앉아 서로의 안부를 물으며 도란도란 얘기를 나눴다. 때론 할아버지들 숙소까지 따라 들어가 놀다 오기도 했는데, 귤이나 빵 같은 걸 나눠 먹으며 노닥노닥 시간을 보냈다. 언젠가는 고장이 난 라디오를 끙끙, 손봐드린 적도 있다.

안녕하세요, 할아버지. 인사하는 내 목소리만 듣고도 아, 박성우! 단박에 나를 알아보시곤 하던 우시몬 할아버지와 도민고 할아버지. 한번은 하도 궁금해서 여쭤본 적이 있다. 앞이 하나도 안 보이실 텐데 어떻게 매번 나를 딱 알아보시는지.

어떻게 알긴. 내가 아침저녁으로 자네를 위해 기도하니까 알지! 하루도 안 빼먹고 날마다 기도하니까 알지! 두 할아버지는 아무렇지 않게 웃었고 나는 아무렇지 않게 웃을 수 없었다.

어떻게 알긴.

내가 아침저녁으로

자네를 위해

기도하니까 알지!

앵두나무
같은 사람

텃밭 아래엔 앵두나무 한 그루가 있다. 내가 작업실 터를 잡고 들어오던 그해부터 나와 함께하는 나무. 봄이 오면 어김없이 앵두꽃 향기를 피워내고 초여름이 오면 아낌없이 빨간 앵두를 내어주는 나무. 어쩜 저렇듯 다소곳한 모습으로 오동나무와 은행나무 사이에 자리하고 있을까. 얼추 십오 년 전, 이 나무를 가져와 심어주고 간 사람은 초등학교에서 아이들을 가르치며 시를 쓰는 경종호 형이다.

일이 아주 밀리거나, 큰 그림을 그려가며 글을 써야 할 적에는 딸과 아내에게 양해를 구하고 작업실에 들고는 한다. 꼭 필요한 책과 최소한의 먹거리만 가지고 내려와 농사 시늉을 하는 일로 운동을 대신하며 일에 집중하려는 편인데, 야간작업을 연이어서 하거나 심야까지 무리해서 하다 보면 체력이 바닥날 때가 있다. 그럴 때면 나는 대개 종호 형을 만난다. 서로의 기본 일과를 마친 뒤에 만나 한두 시간 정도 산을 타거나 둘레 길을 걷고는 가까운 식당으로 가서 고기를 먹는다. 형이 매번 고깃값을 내겠다고 우기는 바람에 연락을 주저할 때가 있기는 하지만.

며칠 전에는 정말 오랜만에 몇몇 지인을 만나 그리 멀지 않은 곳에 있는 저수지를 한 바퀴 돌았다. 십여 킬로미터 남짓한 거리를 걷고 근처의 국숫집으로 가서 메밀국수도 맛있게 먹었다. 누가 먼저 말했을까, 커피라도 한 잔씩 하고 헤어지기로 했다. 우리 넷은 소문이 제법 자자하나는 커피숍으로 가서 수제 커피를 마셨다. 의외네, 성우 너는 아직도 그것만 먹어? 얘기를 나누다 보니 나만 마트에서 흔히 파는 커피를 사다 먹고 있었는데, 지인들은 나를 의아하게 바라봤고 나는 지인들을 의아하게 바라봤다. 취향이 다 다르니까 그럴 수도 있지 뭐. 그 자리에 함께 있던 종호 형은 기어이 나에게 핸드드립 커피세트와 수제 커피콩 두 봉지를 사서 들려주었다.

취향이

다 다르니까

그럴 수도

있지 뭐

길잡이

우체부

드문 일이기는 하지만 시골에 머물고 있을 적에 누군가와 밥을 먹어야 할 일이 생기면 정읍 태인으로 가고는 한다. 예스러운 방이 있는 참게장 집에 들러 밥을 먹고는 몇 발짝 앞에 있는 피향정(披香亭)으로 걸음을 옮겨, 아직 다하지 못한 얘기를 나눈다. '호남제일정'이라 쓰인 현판이 걸린 정자 옆으로는 공덕비가 줄줄이 서 있다. 그리고 거기에는 고부군수 조병갑의 부친인 조규순의 영세불망비도 한 자리를 차지하고 있는데, '현감조후규순영세불망비(縣監趙侯奎淳永世不忘碑)'라는 글자가 여전히 선명하다. 태인현감을 지낸 부친의 공덕비를 세우기 위해 애먼 고부 백성들한테서 천 냥을 걷어 세웠다는 오석(烏石)비.

동학농민혁명 유적지를 둘러본 지가 언제지? 몇 해 전 겨울 무렵, 잠깐씩 시골집에 가야 할 일도 생기고 해서 틈틈이 만석보 터와 황토현 전적지, 말목장터 같은 유적지를 오랜만에 둘러보았다. 전봉준 장군 고택에 다녀오던 다음 날이었던가. 좀 멀기는 하지만 개남장(開南丈)은 내나 우리랑 같은 집안 분이여. 도강 김씨인 어머니한테서 김개남 장군이 어머니

집안과 같은 본관을 가진 분이라는 얘기를 몇 번인가 듣기도 한 터여서 시골집 인근에 있는 김개남 장군의 묘도 빼놓지 않고 들렀다. 아침부터 무슨 눈이 이렇게 쏟아지지? 시신은 없고 무덤만 있는 묘 앞에서 눈을 맞으며 잠깐의 묵념을 했다. 한데 오히려 눈발 때문인가. 나는 또 무슨 바람이 들어, 아직 한 번도 가본 적 없는 김개남 장군의 생가터에 가보고 싶은 욕구가 솟구쳤다.

여기서 멀지는 않다고 들었는데 어떻게 찾지? 때마침 저쪽 아래서 우체부 오토바이가 오고 있었다. 혹시 김개남 장군 생가터 아세요? 우체부는 내게 차를 타고 따라오라는 손짓을 했다. 나는 차에 올라 앞장서서 가는 오토바이를 따라갔다. 그새 눈이 쌓여 더는 올라갈 수 없을 것 같은 오르막길에서 오토바이가 멈춰 섰다. 이 집이 김개남 장군의 직계 자손 집이에요. 아, 그래요. 우체부는 내가 묻지 않은 것까지 알려주고는 차분한 손짓으로 김개남 장군의 생가터 위치를 알려주고 갔다. 그런데 어떻게 된 일인가. 눈발이 치고 있었기 때문인지, 차에서 내려 걷던 나는 도무지 생가터를 찾을 수 없었다. 그만 돌아가야 하나? 갈팡질팡 헤매고 있는데, 저쪽 편 다른 길에서 아까 그 우체부가 나를 향해 오고 있었다. 눈이 와서 그런지, 못 찾겠어요. 이번에는 오토바이에서 아예 내린 우체부가 직접 앞장서서 나를 이끌고 갔고 우리는 머지않아 김개남 장군의 생가터에 닿을 수 있었다. 저기요 잠깐만요, 선생님 성함이 어떻게 되죠? 그날 어리숙한 나 때문에 애먼 고생을 한 집배원은 칠보우체국 소속 최길영 우체부였다.

고마움은
돌고 돌아

인근 읍내에 볼일이 있어 나갔다 돌아오는 길이었다. 면 소재지 버스 정류장을 벗어나면 머지않아 나오는 큰 다리 위를 누군가가 걸어가고 있었다. 인도가 따로 없어 위험하고 더구나 해 질 무렵인데, 왜 저리하지? 속도를 줄여가면서 보니 나이 지긋한 어르신이었다. 어디까지 가세요? 쩌그, 황토리요! 얼른 타세요, 어머니! 얼른 나는 비상등을 켜고 멈춰 섰다 출발했다.

어르신이 가는 목적지는 그 다리를 기준으로 대략 육칠 킬로미터 되는 거리에 있는 동네였다. 무슨요, 당연한 일인데요. 나는 어르신을 모시고 가면서 왜 이렇듯 위험한 길을 걸어서 가시느냐고 여쭙지 않을 수 없었고, 요는 이랬다. 서울에 있는 큰 병원에서 심장 수술을 한 적이 있는데, 오늘이 일 년이 되는 날이라 정기검진을 받고 오는 길이라는 것. 검진 결과 아무 이상이 없었다는 것. 서울에 사는 딸이 태워주는 고속버스를 타고 내려와, 우리 면 소재지를 경유해가는 타 동네 버스로 갈아탔다는 것. 시청에 다니는 큰아들이 퇴근하자마자 모셔다드리러 오겠다고 했는데 그 아들한테는 이미 집에 도착했다고 거짓부렁을 했다는 것. 버스에서 내리자마자 지나가는 택시를 잡아타고 진즉 당도해 있으니 아들은 아들 일이나 보라고 안심시켜놓고, 지금 이렇듯 걸어가고 있었다는 것.

아, 어느 자식이 어머니의 마음을 따라가겠는가. 어르신의 말을 듣고 있던 나는 숙연해지지 않을 수 없었다. 하지만 아무리 그렇다고 하더라도 심장 수술까지 받으신 분이 그 멀고 위험한 길을 걸어가려 하셨다니, 가슴 철렁하지 않을 수 없었다. 아, 엄니. 자식들 생각을 해서라도 다음부터는 당최 이렇게 하지 마세요. 안 그러시면 제가 자식들 알아내서 다 일러바칠 거예요. 하여튼, 고맙소. 그 어르신은 내게 고맙다는 말을 얼마나 많이 했는지 모른다. 아 참, 엄니. 아까, 시청 다닌다는 큰아들 성함이 어떻게 된다 했지요? 이름을 되뇌며 기억을 더듬다 보니, 사실은 내가 먼저 고맙다는 말을 전해야 하는 게 맞았다.

내가 지붕이 무너져 있던 집터를 얻어 작업실을 만들던 때. 그때만 해도 집 마당으로 드는 이십여 미터의 진입로는 비포장이었다. 오랫동안 사람이 살지 않아 그렇겠지, 비가 오면

발이 푹푹 빠지고 여름이 오면 풀이 무릎 위로 올라왔다. 오죽했으면 장화부터 사고, 염소까지 얻어다가 풀을 뜯겼겠는가. 어느 해 늦여름, 나는 면사무소로 가서 내가 겪는 불편한 상황을 얘기했고 얼마 뒤, 면에서 나와 콘크리트 포장을 해주었다. 그러니까 그때 처음부터 끝까지 책임을 지고 길을 내주던 사람이, 내가 태워다드린 그 어르신의 큰아들이었다. 지금은 시청에서 근무하고 있다는 그 큰아들.

어찌

이케

늦게 완?

오래전 겨울의 일이다. 이미 닷새째 무주 깊은 골에서 은거 중이라던 안도현 시인을 만나러 간 적이 있다. 모 출판사에서 부탁한 인터뷰 때문이었다. 어렵게 약속을 잡은 나는 직행 버스와 군내 버스를 갈아타며 그를 만나기로 한 곳으로 향했다. 얼마 후 눈발이 치는 어느 면 소재지 우체국 앞에서 그를 만났다. 시인과 나는, 다시 눈길을 달려 시인이 머물고 있는 거처에 당도했다. 시인은 쪽창 아래에 짐을 풀어두고 있었다. 참 단출한 방이었고 참 단출한 짐이었고 참 단출한 책상이었다. 그는 '잠자다 깨어 폭설 때문에 소나무 가지 부러지는 소리'를 듣기 위해 무주 골짝에 들었다고 했다.

시인은 보여줄 게 있다며 나를 설산으로 데려갔다. 눈이 발목까지 쌓인 산길에는 토끼 발자국과 노루 발자국이 흐릿하거나 선명하게 찍혀 있었다. 꿩꿩 날아오르던 장끼를 만나기도 했다. 얼마나 산길을 걸었을까. 시인은 손끝으로 나무 하나를 가리켰다. 이 나무 이름 알간? 나는 고개를 가로저었다. 산골에서 나고 자란 나였지만 도무지 알 수 없는 나무였다. 이 나무가 바로 그 굳고 정하다는 갈매나무야! 진짜요? 나는 내가 갈매나무처럼 빼빼 마르고 까무스름하다는 것조차도 기분 좋았다.

한동안 안도현 시인과 같은 학교에 근무하게 되어, 종종 시인의 방에 들르곤 했다. 방문을 열고 들어갈 때마다 시인의 방에는 백식에 관한 자료가 하나둘 늘어나고 있었다. 백석을 삼십 년 넘게 짝사랑한다더니, 이제는 아예 백석과 살림을 차리려는가. 시인은 백석의 가족사진을 책상에 올려놓을 때도 있었고, 지도에 기찻길을 그려 넣고는 백석이 지나갔을 기차역을 더듬어보기도 했다. 어느 날엔가는 방문을 잠그고 통영으로 훌쩍 사라지기도 했고, 또 어느 날엔가는 서울행 고속버스에 몸을 싣고 떠나기도 했다. 오데 갔다 어째 이케 늦게 완?• 그런 그가 책 한 권을 들고 나타났다. 『백석 평전』이었다.

• '어째 이케 늦게 완?'은 안도현 시인의 『백석 평전』(다산북스 2014)에 나오는 구절을 참조하였다.

참 단출한 방이었고
참 단출한 짐이었고
참 단출한 책상이었다

새로운 직업

학교에 사직서를 내고 처음으로 한 일은 주례를 서는 일이었다. 남는 게 시간인 사람으로 여겨져서 그러나? 나는 생각이 깊어지지 않을 수 없었다. 한편으론 그간 잘못 살아온 날들만 연이어 떠올라 여간 곤혹스러운 게 아니었는데, 고민 끝에 나는 주례를 설 만한 사람이 못 된다고 후배에게 연락했다. 하지만 예비 신랑인 후배는 단호했다. 흠결 없이 살아온 사람이 세상에 어디 있냐며, 그런 식이라면 세상에 주례를 설 수 있는 사람이 있기나 하겠냐며, 낮고 차분한 목소리로 설득해왔다. 그렇게 해서 나는 2015년 6월, 첫 주례를 서게 되었다. 우리 나이로 하면 마흔다섯이고 만으로 하면 겨우 마흔셋이던 때.

'제가 결혼해서 살아보니까. 남편은 땅이고 아내는 하늘입니다. 하늘은 대부분 맑고 또한 땅이 말랐다 싶으면 단비를 내려주기도 하지만 안 되겠다 싶으면 날벼락을 치기도 합니다. 땅인 남편은 하늘의 뜻에 따라 즐겁게 씨앗을 뿌리고 싹을 틔우고 가지를 키우고 꽃을 피우고 열매를 거두어들이면 됩니다. 천하제일의 바보는 세상한테는 지고 아내한테 이기려고 하는 사람입니다. 남편이 뭡니까. 남편은 아내한테는 지고 세상한테는 이기는 사람입니다! 신랑 알겠습니까?'

뭐 이런 식의 주례를 마친 얼마 후였다. 평소에 내가 아버지처럼 따르는 선생님께서 연락을 주셨다. 전주에서 결혼식이 있는데 나보고 대신 좀 다녀오라는 것이었다. 나는 흔쾌히 그렇게 하겠다 하고 전화를 끊었다. 한데 깜빡하고 축의금을 얼마나 해야 할지를 여쭙지 못한 것. 바로 전화를 드리는 것도 뭐하고 해서 나는 문자를 드렸다. 얼마 지나지 않아 이런 답장이 왔다. '주례는 축의금 안 내도 돼!' 졸지에 나는 또 주례를 서게 되는 건가. 아, 이런 식으로 내 직업이 바뀌는 건가. 며칠 뒤 집 앞으로 찾아온 예비 신랑과 예비 신부의 맑은 눈빛과 예쁜 마음을 보니 차마 외면할 수도 없었는데, 훌쩍 늙은 기분이 드는 것은 어쩔 수 없었다.

남편은 아내한테는 지고

세상한테는 이기는 사람입니다!

신랑 알겠습니까?

이팝나무 우체국

박새 편지

마당 입구 이팝나무 아래에 빨강 우체통을 세웠다. 나는 이곳을 이팝나무 우체국이라 명명했다. 처음 한동안은 우체국장을 자청한 수탉과 암탉 집배원 넷이 이 우체국을 맡아 운영했다. 아, 부지런하기도 하여라. 일과가 시작되기 전부터 부리로 소인을 찍거나 앞다투어 배달을 나가는 우체부들의 모습은 한없이 믿음직스럽고 든든해 보였다. 하지만 그런 모습은 잠시, 이 우체부들은 시도 때도 없이 옆집 할머니네 텃밭으로 들어가 푸성귀들을 쪼아대며 말썽을 피워댔다. 이를 어째? 고민이 깊어지던 나는 이 집배원들 모두를 노모 집 마당으로 발령 냈다.

앞으로는 문을 닫아야 하나? 이번에 우체국을 차지한 건 박새였다. 마른 풀줄기와 이끼를 물어와 우체통 안에 넣는가 싶더니 이팝나무꽃이 무더기로 피어나던 무렵에는 알을 다섯이나 낳았다. 어, 여섯인가? 속전속결로 차지하는군. 알 품기에 들어간 어미 박새는 갸웃갸웃, 자기네 집을 들여다보는 내 눈을 바라다봤다. 망설이고 말 것도 없이 나는 서둘러 우체부 아저씨에게 편지를 써야 했다.

'김천수 집배원님, 편지함 안쪽에 박새가 둥지를 틀었으니 번거로우시더라도 우편물을 문 앞에 놓아주시면 고맙겠습니다'

또박또박 눌러쓴 편지를 박새네 집 빨강 창문 앞에 붙이던 날은 다행히 날이 맑았다.

어, 그새 새끼가 깨어났나. 어미 박새 둘은 교대로 벌레를 잡아 날랐고 새끼들은 하루가 다르게 커갔다. 궁금해서 일이 안 잡혀 그러는데 한 번만 더 보면 안 될까? 쯔쯔 쯔쯔쯔 쯧, 그래 딱 이번만이다! 안 보는 척하며 우체통 안쪽을 슬그머니 들여다보면 새끼들은 그새 또 부쩍 자라 있었다. 그리고 어느 날 아침, 어미 박새 둘은 똘망똘망하게 자란 새끼 박새들을 데리고 떠났다. 정말 고맙습니다. 선생님 덕분에 박새 편지를 무사히 받아볼 수 있었습니다! 오토바이 소리가 들려오는 마당으로 나가, 김천수 우체부 아저씨께 감사 인사를 전하지 않을 수 없었다.

정말 고맙습니다.

선생님 덕분에 박새 편지를

무사히 받아볼 수 있었습니다!

흰밤
흰눈

눈을 기다렸지만, 눈은 오지 않았다. 기대가 컸던 크리스마스에도 하늘은 민숭민숭하기만 해서 딸애는 실망감이 컸다. 얼마 후, 늦은 오후에 접어들면서 눈이 퍼붓기 시작했다. 겨울방학을 통틀어 가장 신나는 날 중 하나로 기록될 만한 큰 눈이었다. 와, 함박눈이다. 폴짝폴짝 좋아하며 밖으로 나간 우리는 손을 내밀어 눈을 받아보고 얼굴을 들어 올려 눈을 맞아보았다. 서로에게 눈을 흩뿌리며 장난을 치다가 작은 눈사람을 만들기 위해 애썼다. 눈이 조금이라도 더 많이 내린 곳으로 옮겨 다니며 긴 발자국을 남기려고도 했다. 한쪽에서는 경비 아저씨들이 몰려나와 눈을 쓸고 염화칼슘을 뿌려대느라 정신없었다.

막일을 전전하던 아버지가 운수회사에 다닌 적이 있다. 운전 일을 하는 건 아니었고 차고에서 나오는 쓰레기를 치우거나 영업용 택시가 오가는 널따란 광장을 쓸며 운수회사 전반을 관리하는 일이었다. 그런데 어느 겨울, 무지막지한 폭설이 내린 적이 있다. 안 되겠다, 성우야. 우리가 가서 도와드리자. 마침 일요일 아침이었던 그날, 둘째 누나는 나를 데리고 아버지가 다니던 운수회사로 갔다. 어, 아빠가 어딨지? 우리가 예상했던 것과 마찬가지로 아버지는 눈이 너저분하게 쌓인 광장 한편에서 고군분투하고 계셨다. 하지만 아버지는 버스도 타지 않고 걸어서 도착한 우리를 단호하게 돌려보냈다.

저녁이 되자 작정하듯 눈이 내린다. 창을 열고 밖을 내다보니 과하다 싶을 정도로 눈이 퍼붓는다. 창 아래서는 넉가래로 눈을 미는 소리와 빗자루로 눈을 쓰는 소리가 11층에 있는 내 방으로 연신 올라온다. 딸, 아빠랑 눈 쓸러 갈래? 응, 나도 갈래! 나는 베란다에서 쓰는 플라스틱 빗자루를 딸애 손에 들려 나갔다. 그러고는 눈을 쓸고 계시던 경비 아저씨들께로 다가가 빗자루든 넉가래든 남는 게 있으면 하나 달라고 부탁했다. 관리 사무소 앞에서 제설용 넉가래 하나를 건네받은 나는 진입로의 눈을 밀었고 딸애는 그 옆 인도를 쓸었다. 아빠, 나는 아빠가 조금만 하다 그냥 가자고 할 줄 알았어. 딸애와 나는 한 시간 조금 넘게 우리의 할 일을 하고 돌아왔고 그 뒤로 부쩍, 경비 아저씨들과 가까워졌다.

와, 함박눈이다.

폴짝폴짝 좋아하며 밖으로 나간 우리는

손을 내밀어 눈을 받아보고

얼굴을 들어 올려 눈을 맞아보았다

도시락

소풍

샛노란 참외 같은 꾀꼬리가 난다. 버드나무와 산수유나무 사이를 물까치가 오간다. 강물은 흐르는 일로 제 몸을 맑고 투명하게 하고, 바람은 미루나무 이파리를 흔드는 일로 자신을 높고 푸르게 한다. 유년 시절 내내 같은 교문을 드나들던 내 친구 종대와 나는 어쩌자고 또 강변 느티나무 아래에 붙어 앉아 도시락을 먹는다. 유년의 교실과 칠판 낙서와 긴 복도와 벚나무 아래 그네와 풍금 소리까지 죄다 꺼내놓고 도시락을 나눈다. 혼자 밥을 먹지 않아도 되는 종대 부부가 혼자 밥을 먹어야 하는 나를 위해 싸 들고 온 도시락. 이따금 아내와 딸애를 먼 곳에 두고 외딴 강 마을에 들어와 글 작업을 하는 나를 위해 일부러 챙겨온 도시락. 뚜껑을 열면 언제나처럼, 외롭고 차고 긴 밤도 더불어 환하게 열린다.

생각하면, 사면이 산으로 둘러싸인 산골 마을에 살았다. 어느 쪽을 봐도 산과 하늘만 보이던 마을. 왕복 이십 리 고갯길을 걸어 학교에 다니게 되면서 산 너머 하늘 밑엔 면 소재지라는 화려하고도 새뜻한 세상이 있다는 걸 알게 되었다. 둘이나 있는 점방도 모자라 연쇄점까지 있는 거리는 얼마나 찬란

했던가. 면 소재지에서 해찰하다가 고갯길을 내달리다 보면 빈 도시락도 덩달아 뛰었다. 여름방학 숙제엔 어김없이 '편지 봉투에 잔디 씨앗 모아오기'가 있었고 겨울방학 숙제엔 틀림없이 '솔방울 한 포대 주워오기'가 끼어 있던 시절, 도시락은 누구랄 것도 없이 죄다 양은 도시락이었다. 보리와 쌀이 고만고만하게 섞인 밥에 김치가 전부이던 도시락.

커피에 얼음까지 챙겨왔어? 외딴 강 마을 느티나무 그늘에 들어 도시락을 다 먹은 종대와 나는 아이스커피를 들고 상수리나무 이파리가 찰랑이는 바위 위에 올라앉는다. 거기 두 사람, 여길 보세요. 찰칵! 동시에 뒤돌아보며 씽긋 웃어주던 내 친구 종대와 나는 아까처럼 어깨를 대고 나란히 앉아 강물과 먼 산과 뭉게구름을 바라보다가, 빈 도시락이 뛰는 가방을 메고 징거미를 잡으러 가는 소년이 된다.

강물은 흐르는 일로
제 몸을 맑고 투명하게 하고,
바람은 미루나무 이파리를 흔드는 일로
자신을 높고 푸르게 한다

지갑

날은 더웠고 거리는 붐볐다. 외식을 하고 쇼핑도 좀 하고 오다가 시흥사거리 근처에서 딸애가 지갑을 주웠다. 누군가 훔치고 버린 빈 지갑이면 곤혹스러운 일이 생길 수도 있는데? 초등학교 5학년 딸애는 개의치 않고 주운 지갑을 내 턱 앞으로 내밀었다.

우리는 지갑을 열어보지도 못한 채 곧바로 경찰에 신고했다. 머지않아 경찰차가 와서 지갑을 인계하고 마을버스에 올랐다. 경찰관이 받아 열어본 지갑에 현금과 카드가 꽉 들어차 있어서, 나는 알 수 없는 안도의 한숨을 쉬기도 했다.

집에 와서 대충 씻고 났을 때 경찰서에서 전화 한 통이 걸려왔다. 지갑 주인이 목소리를 전하고 싶다고 간곡히 부탁한 모양인데, 주인은 몇 번이나 고맙다는 말을 전해왔다. 이십 대인가, 삼십 대 초반인가. 건너오는 목소리가 하도 힘차고 젊어, 얼결에 나도 힘차게 젊어지는 밤이었다.

마음의
불안을
더는 일

작업실로 드는 길가에 비닐하우스가 있다. 이 비닐하우스는 내게 참 잘해주시기도 하거니와 어지간히 부지런하신 우리 마을 노인회장님 댁 것인데, 고구마 순이나 고추 모종, 상추 같은 걸 키워낸다. 마늘을 주렁주렁 걸어놓거나 감자, 옥수수, 고추, 고구마 같은 걸 그때그때 부려놓았다가 담아내기도 한다.

한번은 노인회장님이 경운기를 몰다 사고가 나는 바람에 크게 다치신 적이 있다. 나도 놀라 병문안을 가기도 했는데 그날 이후로 비닐하우스는 하루가 다르게 엉망이 되어갔다. 입원 일수가 늘어날수록 비닐하우스 안팎의 풀까지 금세 무성해졌다. 한쪽이 찢어진 비닐은 아무렇게나 펄럭였고 앙상하게 드러난 골조는 볼썽사나웠다.

오랜 입원 끝에 탈탈 털고 일어난 노인회장님은 성하지 않은 비닐하우스를 예전처럼 살려냈다. 틀어진 골조를 바로 세우고 새 비닐을 치는가 싶더니 전기까지 끌어와 밤낮없이 쓸 수 있는 구조로 바꿔놓았다. 한데, 비닐하우스 앞에 세운 나무 봉이 너무 약한 거 아닌가? 기운이 없어서 그러셨겠지. 안타깝게도 키 낮은 전깃줄이 작업실로 드는 길을 위태롭게 가로질러 건너가는 통에, 우체부 오토바이나 겨우 지나다닐 정도의 형편이 되고 말았다.

줄이 늘어지기라도 하면 어떡하지? 차고가 높은 택배 차가 작업실로 들어오기라도 하면 어떡하지? 이 막다른 길은 주로 나 혼자만 이용하는 길이니 내 차 정도야 마을 입구 경운기 주차장에 대고 몇 발 더 걸어 들어오면 그만이지만, 어쩐지 마음이 불안했다. 나는 다음 날 바로 전기 공사를 하고 다니는 형을 불러 튼실하고 높다란 봉을 새로 세우고, 전깃줄을 높게 당겨 비닐하우스로 들여보냈다. 그러고 나니 마음이 한결 편안해졌다.

줄이 늘어지기라도 하면

어떡하지?

처가 추석

결혼 십 년 차가 넘어가니 사고가 많이 바뀐다. 올해는 온전히 처가로만 추석을 쇠러 간다. 노모도 흔쾌히 그러라 하니 마음이 한결 가볍다.

엄마, 전 같은 거를 뭐 하러 부쳐요. 시댁도 전 안 해요. 아내와 나는 갈비찜 하던 가스 불을 끄고 외출을 재촉한다. 근년엔 통 가보지 못했다는 밤나무 산에 들어 술렁술렁 노닥노닥 밤을 주워 봉지에 담는다. 쇠한 장인어른이 밤나무 산을 아예 방치한 덕에 장모님과 나는 뜻하지도 않은 산초를 듬뿍 딴다. 팔이 긴 내가 산초나무 가지를 휘어 내리면 장모님은 산초가 꺼멓게 여문 줄기를 꺾어낸다. 다람쥐 한 번 더 보고 가야 한다는 딸을 달래 돌아와서는 대여섯 됫박이나 되는 밤을 고른다. 꺼내놓으니 더욱 진한 향을 내는 산초, 뒤적뒤적 채반에 펴 담아 햇살 남아 있는 쪽에 내놓는다.

역시나 전 부치는 냄새보단 산초 냄새 맡는 추석이 더 고소하니 좋다고 생각하면서 나는 생밤 하나를 까서 깨물어본다. 박 서방, 밥상 펴! 딸애가 박 서방 아빠를 신나게 부르는 추석이다.

겨울밤에
오신
손님

차고 긴 겨울밤, 부스럭거리는 소리가 들려온다. 누가 오셨나? 보던 책 덮고 나가 둘러보니 아무도 없다. 부스럭부스럭 달그락 닥닥. 분명 누가 오시긴 오신 모양인데 불 밝히고 나가 둘러보면 기척이 없다.

혹시 그분이신가? 아니나 다를까. 추위와 배고픔에 떠셨을 서생원이 별다른 기별도 없이 찾아와 부스럭부스럭 달그락 달그락 닥닥, 밤참거리를 찾느라 분주하시다. 쌀이 두어 바가지 남아 있긴 하나 이 집에 쌓아둔 거라곤 책밖에 없으니 이를 어찌해야 하나. 나는 졸지에 난감한 사람이 되어 밤을 지새운다.

한겨울 아침이 가까스로 밝아오고 내 친구 종대가 트럭을 몰고 온다. 손님을 문으로 들게 해야지 구멍으로 들게 해서 쓰겠는가. 내 좋은 친구 종대는 트럭 짐칸에 싣고 온 자재를 꺼내 싱크대 근처 귀퉁이 바닥에 뚫린 구멍을 이중 삼중으로 단단히 막는다.

고양이들에게 내준 밥이 서생원까지 불러온 건가. 설마 이분이 또 찾아오진 않겠지? 다시 차고 긴 겨울밤, 바람 부는 소리에도 나는 놀라 머리맡에 놓아둔 빗자루를 덥석 잡아 든다. 어찌어찌 한잠 자고 일어난 아침, 빗자루 껴안은 채 잠에서 깨니 식전부터 부지런을 떨며 집 안 청소하기가 한결 수월하다.

차고 긴 겨울밤,

부스럭거리는 소리가

들려온다.

누가 오셨나?

양이 형,

선생님

정양 시인은 내가 쏠려다니던 아랫녘, 문학판의 어른이다. 시뿐만 아니라 모든 면에서 어른이어서 우리는 그를 선생님으로 모시고 따른다. 세상에 이보다 귀하고 아름다운 상이 또 있을까. 전국의 까마득한 젊은 후배들이 문학적 성취뿐 아니라 가장 아름다운 삶을 살아가는 선배 작가를 선정해 시상하는 상이 있다. 이름하여 '아름다운작가상'. 이 상의 첫 수상자가 다름 아닌 정양 선생님이라는 것만 떠올려봐도 그가 얼마나 높고 귀한 삶을 살아왔는지, 쉽게 짐작해볼 수 있다.

정양 선생님과 나의 나이 차이는 삼십여 년 남짓하다. 보통의 경우라면 아버지와 아들 사이 정도 된다. 그렇듯 어렵게 여겨지기도 하던 선생님을 처음으로 가까이서 뵌 건 내가 문단 말석에 막 이름을 올리던 이십여 년 전의 술자리에서였다. 애틋한 선후배 시인 몇도 즐겁게 어울리던 자리. 풋내기인 나는 긴장도 풀 겸해서 연거푸 술을 받아 마셨다. 그리고는 곧 필름이 끊겼다.

집에는 어떻게 들어온 거지? 가까스로 일어나 배를 움켜쥔 채 찬물을 들이켜고 있을 때였다. 어젯밤에 함께한 후배한테서 전화가 걸려왔다. 뭐라고, 진짜? 후배는 만취한 내가 정양 선생님을 '양이 형'이라 불렀다는 사실을 알려줬다. 형님도 아니고 성님도 아니고 그냥 양이 형이라 불렀다니!

전화를 끊자마자 나는 한숨을 내쉬며 머리칼을 쥐어뜯었다. 이불을 뒤집어썼다 푸는 일을 반복하다가 벽에 머리를 박아대기도 했다. 하지만 그렇게 한다고 해서 어찌 답이 나오겠는가. 내가 정중한 사과를 하러 갔을 때, 정양 선생님은 그런 일 없었다고 딱 잡아뗐다. 환하게 웃으시면서 시나 열심히 쓰라고 어깨를 다독여주었다.

그래, 앞으로는 조심해야지. 나는 곧 그 일을 잊고 지냈다. 그러다가 내가 막 결혼을 한 뒤 선생님께 인사를 드리러 갔을 때였다. 아, 우리 제수씨. 우리 성우를 잘 부탁드립니다! 선생님은 지금도 내 아내를 제수씨라 부르며 안부를 물어오시곤 한다. 허허, 조카도 잘 크고 있지?

늘 웃는 얼굴로 대해주시는 선생님과 나는 삼십여 년 나이 차지만, 몇 시간을 마주 앉아 수다를 떨어도 지루하지가 않고 매번 좋은 말씀도 많이 해주신다. 술을 아예 입에 대지 않은

지 어언 오 년, 선생님도 언제부터인가 약주를 하지 않으신다고 한다.

나도

손을

번쩍

날이 푹푹 찌는 한여름 오후, 전북 익산 왕궁리 유적지에 닿았다. 왕궁리 유적지에서는 문화재 행사가 한창 열리고 있는 터여서 좀 먼 곳에 차를 대고 이글거리는 광장을 지나 유적전시관 세미나실로 향했다. 한데 세미나가 끝나갈 무렵, 동행한 노선생의 몸이 급작스레 좋지 않아져서 차를 세미나실과 연결된 주차장으로 가져와야 할 형편이 되고 말았다. 다행히 다급한 상황까지는 아니었지만, 마음이 급했다.

주차장에서 차를 끌고 나온 나는 세미나실이 있는 쪽 주차장으로 향했다. 하지만, 차량 관리를 하던 사람들이 차를 들여보내주지 않았다. 책임 관리자로 보이는 사람에게 다시 한 번 상황을 설명해도 원칙대로 할 수밖에 없다는 말만 돌아왔다. 이윽고 나는 차를 빼서 길 가장자리에 세우고 운전석에서 내렸다. 출입 통제 책임자로 보이는 중년의 사내에게 다가가 정중히 인사를 드리고는 이러니저러니 하며 유적전시관 세미나실 쪽으로 들여보내달라고 애원했다. 그렇지만 돌아오는 대답은 달라지지 않았다. 행사 관계자는 왜 전화를 안 받는 거지? 여러 차례 얘기해도 별반 다를 게 없는 대답만 반복해서 듣던 나는 그만 중년의 사내에게 목소리를 높이고 말았다.
아, 좀 그냥 들여보내줘요!

길을 막고 있던 주차 관리 요원들은 세미나를 주관한 관계자와 통화가 된 뒤에야 차를 들여보내주었다. 하지만 중년의 사내에게 목소리를 높인 일이 여간 마음에 걸리는 게 아니었는데, 무작정 차를 밀고 들어가려는 사람이 어디 한둘이겠는가 싶었다. 원칙을 지키며 땡볕에 종일 서 있었을 사람한테 격려는 못할망정 목소리를 높이고 말았으니, 여간 무안한 일이 되고 만 게 아니었다.

아까는 정말 죄송했습니다. 노선생을 태우고 나오는 길에 잠시 차를 세운 나는 큰 소리로 외쳤다. 나를 알아본 중년의 사내는 아, 아닙니다! 하면서 환한 얼굴로 손을 번쩍 들어 보였다. 익산 왕궁리 유적지에 다녀가던 내가 높고 귀한 문화유산을 새삼 새롭게 발굴하는 순간이어서, 나도 손을 번쩍 들어 보였다.

아까는 정말 죄송했습니다.
나를 알아본 중년의 사내는
아, 아닙니다! 하면서 환한 얼굴로
손을 번쩍 들어 보였다

기억하는

기억

초췌한 얼굴이었다. 아슬아슬하게 서 있던 유가족은 손에 든 출력물을 우리에게 내밀었다. '저희 아이를 보러 여기까지 와주셔서 감사합니다'로 시작하는 호소문을 받아든 사람들은 슬프고 분한 표정을 감추며 글썽였다. 몇몇은 애써 고개를 돌려가며 먼 곳을 바라보기도 했다. 조문객들은 몇 걸음씩 앞으로 나아갔지만, 조문 행렬은 점점 길어지고 있었다.

세월호 사고 희생자 정부 합동분향소 안쪽, '세월호 사고 희생자'와 '합동분향소' 사이에 써진 '정부'라는 글자는 같은 크기임에도 불구하고 왜 그리 크고 선명하게 눈에 들어오던지. 그 커 보이는 글자는 어쩜 그리도 초라하고 공허해 보이던지. 한숨을 내쉬다가도 젖어오는 눈가를 손등으로 닦지 않을 수 없었다. 사람 마음은 다 같은 거겠지, 주위 사람들도 별반 다를 게 없어서 저마다 손에 들린 화장지나 손수건을 얼굴 쪽으로 가져다 대고 있었다. '세월호'와 '정부'와 각자의 '나'를 오가는 분노와 무기력과 환멸, 층층이 올려진 영정 사진을 올려다보는 것도 머리 숙여 조문하는 것도 염치없고 미안하기만 했다.

얼마 후 들렀던 소도시의 작은 우체국 앞에는 희망 촛불이 켜져 있었다. 바닥에는 '302 기억할게'라는 글씨가 타올랐다. 사망자와 실종자 302명을 잊지 않겠다는 뜻. 그러나 이 숫자조차도 또 언제 바뀔지 모르던 게 현실, 숫자는 곧 304로 바뀌었다. 잊지 않겠다는 것은 다만 깨어 있겠다는 것. 2014년, 2015년은 세월호 릴레이 단식과 세월호 십자가 순롓길의 구간 걷기와 세월호 생일 시 쓰기의 동참으로 버텼다.

아빠, 왜 경찰들은 대통령 편만 들어? 어린 딸애 손을 잡고 몇 번인가 나갔던 광장의 시간과 4.16 기억 교실의 시간은 또 어떻게 흘러갔던가. 2016년 10월 29일 청계광장에서의 제1차 촛불이 열리던 날, 광화문 광장에서 열리던 304 낭독회에 시를 읽으러 갔다가 몇 발짝 걸음을 옮겨 목소리를 더하고 돌아왔다. 이때를 시작으로 나는 전주와 정읍과 광화문 광장을 오가며 생애 처음, 촛불 개근이라는 걸 해보았는데 그것은 딸아이의 내일에 보태주기 위한 아빠의 걸음이기도 했다.

기억할게
기억할게
기억할게

뽕나무밭 집

누에들

산골 뽕나무밭 집에 살았다. 뽕나무 밭머리의 뽕나무를 베어내고 지은 흙집이었다. 낮은 슬레이트 지붕 아래로 볕이 들던 집. 어머니와 아버지는 누에섶같이 허름한 그 뽕나무밭 집에서 딸 넷과 아들 둘을 냈다. 아니 좀 더 정확히 말하자면 딸 넷과 아들 셋을 냈는데, 거기에는 내가 세상에 오기 전에 죽은 큰형이 끼어 있다. 큰형은 태어난 지 얼마 지나지 않아, 몹쓸 병에 걸린 누에처럼 시름시름 앓다가 끝내 시들고 말았다고 했다.

아주 먼저 먼 세상으로 간 형을 빼고 나는 이 집의 다섯째다. 우리 육 남매는 거기 뽕나무밭 집에서 컸다. 어머니와 아버지는 배움이 깊진 않았지만, 누구보다 바르고 부지런하셨다. 배움이 얕다고 해서 글을 모르는 것도 아니었고 사람 사는 이치를 모르는 것도 아니었는데, 철없는 내가 남의 밭에서 우리 밭으로 넘어와 열린 애호박이라도 딸라치면 조근조근 야단을 치기도 하셨다.

그랬다. 우리는 그 뽕나무밭 집의 누에들이었다. 잘 먹고 잘 싸고 잘 자면서 무던히 자라던 누에들. 때로는 엉키기도 하고 풀어지기도 하면서 저마다 고치의 꿈을 키우던 누에들. 세 누나와 형 그리고 막둥이라 불리며 자란 나와 내 바로 밑 막내에 이르기까지 검게 그을린 얼굴에 촌스러운 옷을 입고 찍은 흑백 가족사진 하나 가지지 못해, 사진첩 속 낡은 사진 대신 마음속 깊은 곳에 유년의 풍경과 표정을 간직하고 있는 누에들.

흩어졌던 가족이 오랜만에 모이던 어느 봄날이었다. 막내는 벌써 대학생이 된 딸애를 데리고 왔고 조카와 조카사위는 그새 아이 손을 잡고 왔다. 훌쩍 팔순이 넘은 늙은 어머니를 가운데 앉히고 매운탕과 닭백숙을 먹으며 우리는 잠깐, 오래전 먼 길 가신 아버지를 떠올려보기도 했던가. 웅성웅성 밥을 먹은 우리 가족은 호숫가 옆에 삼각대를 세우고 사진을 찍었는데, 형이 보내준 사진 속 가족을 세어보니 모두 열여덟이었다. 일이 있거나 외국에 살고 있어 참석하지 못한 아홉을 빼고도.

그랬다.

우리는 그 뽕나무밭 집의 누에들이었다.

잘 먹고 잘 싸고 잘 자면서

무던히 자라던 누에들

고맙다는 말과 사랑한다는 말

시인은 아주 특별한 사람만 되는 거라고 여겼다. 그 때문에 나는 감히 시인을 꿈꾸지 못했다. 산촌에서든 바닷가 섬마을에서든 면 서기를 해야 한다는 아버지의 뜻에 따라 뜻밖의 수산대학을 다니기도 했다. 그렇다고는 해도 내가 시를 쓰지 않은 적은 없다. 유치해서 차마 눈 뜨고 볼 수 없는 것들이지만, 이마에 여드름이 숭숭하던 시절에도 두 권의 노트에 시 비슷한 걸 가득 채워 넣기도 했다. 저도 한 번 나가 보고 싶어요, 야간대학에 다니며 뒤늦은 시인을 꿈꾸기 시작하던 시절에 딱 한 번 모교에서 열린 백일장에 나가본 적이 있다.

그래 잘 다녀와, 공장 사장님이 흔쾌히 허락해줘서 오후 일과가 시작된 지 얼마 되지 않아 조퇴 카드를 찍고 공장을 나왔다. 버스에서 내린 뒤 학교 정문을 지나 봉황각이 있던 호수 옆 길목에 다다랐을 때, 익숙한 뒷모습이 보였다. 아버지였다. 커다란 쓰레기통을 비워가며 녹색 페인트가 칠해진 리어카를 끌고 가시던 아버지. 어머니의 권유로 얼마간 학교 청소일을 하던 노쇠한 아버지. 아빠! 내가 손을 흔들며 아버지에게 달려갔을 때 아버지는 적잖이 놀라는 눈치였다. 공장에 있어야 할 시간에 아들이 나타났으니 놀랄 만도 하겠다 싶어, 나는 자초지종을 얘기했다. 얼른 가, 얼른 가거라이! 하지만 아버지는 내 말이 끝나기도 전에 리어카 손잡이를 잡고 앞으로 나아갔다. 아, 막둥이 아들인 내가 혹시라도 기가 죽을까 봐 빠른 걸음으로 멀어지던 아버지.

그런 아버지를 뒤로하고 백일장을 치르러 간 나는 남들보다 빨리 원고를 제출하고 단과대학 건물 안쪽에서 청소일을 하던 어머니한테로 갔다. 막둥아, 니가 웬일이냐. 어머니는 아버지와 달리 나를 반갑게 맞이해주셨다. 식혜라도 하나 해라. 자판기에 동전을 넣어 캔 음료를 뽑아주는가 하면 종이 커피라도 한 잔 더 마시고 가라 했다. 저, 이제 가봐야 해요. 뭐라도 주고 싶어 하던 어머니는 나를 잠깐 건물 앞에 서 있게 하더니 경비실로 뛰어 들어갔다. 그곳으로 재빨리 들어갔다 나오는 어머니 손에는 색이 누렇게 바랜 노트 몇 권이 들려 있었다. 이름도 학번도 적혀 있지 않아 주인을 찾아주지 못했을 오래된 공책. 딱히 그날부터라고 할 순 없겠지만 그 무렵부터 나는 세상에 대해 무슨 말인가를 해야 할 것만 같았다.

허나, 막둥이인 내가 졸업을 하기도 전인 성탄절 전야에 먼 길 가신 아버지. 신춘문예에 당선되었다는 통보를 받던 날은 아버지 첫 기일이었다. 막둥아, 인자는 잘 될랑갑다. 어머니의 말에도 불구하고 우리는 잘되지 않았다. 얼마 지나지 않아 형의 사업 실패로 열여덟 평 연립 주택까지 깔끔하게 넘어갔다. 어머니와 나는 자취생들도 살지 않는 닭장 같은 집을 사글세로 구해 살아야 했다. 지금은 고향 쪽 면 소재지로 들어와 지내고 계시는 어머니. 그런 어머니 곁을 예쁘고도 살뜰히 지키는 형과 형수님. 우리가 어머니 앞으로 된 집을 마련하던 때는, 대체 얼마큼 많이 기뻤던가. 어무니, 요새는 학교 안 나가시지요? 일 년이면 마치는 노인대학을 연달아 일곱 번이나 졸업한 어머니한테서 내가 가장 많이 들은 말은 고맙다는 말과 사랑한다는 말이다.

마음 곁에 두는 마음

초판 1쇄 발행 2020년 11월 6일

글쓴이
박성우

그린이
임진아

펴낸이
강일우

본부장
윤동희

책임편집
이지은 김수현

디자인
송윤형

ISBN
979-11-90758-99-4 03810

펴낸곳
㈜미디어창비

등록
2009년 5월 14일

주소
04004 서울 마포구 월드컵로12길 7

전화
02-6949-0966

팩시밀리
0505-995-4000

홈페이지
books.mediachangbi.com

전자우편
mcb@changbi.com